천미신교
낙양지부

천마신교 낙양지부 1마

정보석 新무협 판타지 소설

초판 1쇄 찍은 날 § 2018년 2월 6일
초판 1쇄 펴낸 날 § 2018년 2월 13일

지은이 § 정보석
펴낸이 § 서경석

편집책임 § 이선근
편집 § 김경민

펴낸곳 § 도서출판 청어람
등록번호 § 제387-1999-000006호
등록일자 § 1999. 5. 31
어람번호 § 제2-2740호

주소 § 경기도 부천시 부일로 483번길 40 서경B/D 3F (우) 14640
전화 § 032-656-4452 팩스 § 032-656-4453
http://www.chungeoram.com
E-mail § chungeorambook@daum.net

ISBN 979-11-316-91639-7 04810
ISBN 979-11-316-91369-3 (세트)

10

천마신교 낙양지부

정보석 新무협 판타지 소설

FANTASTIC ORIENTAL HEROES

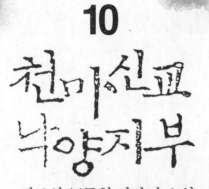

도서출판 청어람

轂 神 慶 了
韵 文 陽 淘

천마신교
낙양지부

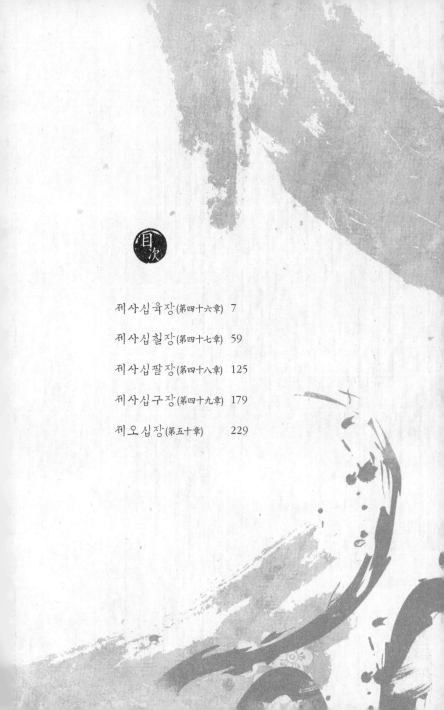

目次

제사십육장(第四十六章)

픽! 퍼픽! 퍼퍼픽!

숲에 들이오자마자 그를 반기는 소리는 등골을 오싹하게 만드는 충돌음이었다. 연속적으로 쏘아진 무당파 고수들의 검기가 나뭇가지와 줄기에 박혀 들어갔다. 잔가지가 사방으로 흩뿌려졌고, 얇은 나무는 그의 앞에서 꼬꾸라지기도 했다.

피월려는 신기에 가까운 솜씨로 말을 다뤄 그것을 껑충껑충 뛰어넘기도 했고, 급회전을 하며 피해가기도 했다. 그러나 말과 피월려의 표정은 둘 다 핼쑥해져 당장에라도 나자빠질 것 같았다.

하지만 그보다 더한 사람이 있었으니, 바로 피월려의 등에 업힌 여인이었다. 시야가 차단된 채 무작위의 상하 운동을 반복하니 속이 울렁이는지 얼굴이 온통 푸른빛으로 변했다. 아름다운 얼굴이지만 지금만큼은 그 누구도 아름답다고 말하지 못할 수준이었다.

여인은 결국 참지 못하고 속에 있는 모든 것을 게워내었다. 피월려는 땅으로 떨어지는 구토를 보면서, 더럽다는 생각보다 추적자에게 흔적을 남겼다는 생각을 먼저 했다. 그 정도로 그는 긴박한 상황에 처해 있었고, 생명이 위험했다.

다행히 피월려의 움직임은 극도로 유연했다. 그의 탁월한 기마술과 오랜 시간 훈련된 말인 것을 떠나서, 생명을 유지하고자 하는 생존 본능이 피월려와 말을 하나로 만들었기 때문이다. 그들은 단 한 번도 호흡을 맞춰본 적이 없었지만 서로의 반려자인 것처럼 움직였다. 말에게는 피월려의 눈이 필요했고, 피월려에게는 말의 속도가 필요했다. 서로의 이해관계가 일치되어 기적을 만들었다.

점차 사방에 비산하는 검기의 양이 눈에 띄게 줄기 시작했다. 무당파의 고수들도 사람인지라 그 많은 검기를 뿌려대며 추적할 수 없었기 때문이다. 피월려는 나무가 적은 쪽으로 말을 몰아 최대한 진로에 방해가 되지 않는 길을 택했다.

시간이 지나자 나무의 수가 줄어들면서 우뚝 솟은 노목들이 나타났다. 끝을 짐작도 하기 어려울 만큼 높은 노목들은 그 굵기가 성인 남성의 허리보다도 굵었다. 생명력이 얼마나 센지, 노목의 뿌리 주변에는 잡초조차 없고 맨땅이 속살을 보이고 있었다.

말을 타고 있는 입장에서는 지극히 유리한 지형이다. 피월려는 좀 더 속력을 내기 위해서 다리로 힘껏 말을 찼다. 그에 호응하여 말은 인간이 절대 따라올 수 없는 속도를 내며 질주했다.

"이제 내려주세요."

여인은 작은 목소리를 내었다. 전투에서 급격히 치솟았던 긴장감이 거의 가라앉자 대강 상황을 파악한 것이다. 고귀한 규수가 사내 남자에게 꼴사납게 업혀 있는 꼴을.

피월려는 잠시 고삐를 놓고 그녀를 받아 내렸다. 그녀는 그의 뒤로 탈 생각인 듯 움직였지만 피월려는 강압적인 힘으로 그녀를 앞에 앉혔다. 빠른 속도로 질주하는 말 위에서 함부로 움직일 수 없었던 그녀는 피월려의 태도가 괘씸하면서도 반항하지 못했다.

그 마음을 읽은 피월려가 먼저 말했다.

"뒤에 탔다가 화살이나 검기에라도 맞으면 어쩌려고 그러시오?"

여인은 얼굴을 들어 피월려를 보았다. 서로 가까이 안고 있는 상태라 둘의 얼굴은 손가락보다 짧은 거리를 사이에 두고 있었다.

"제게 그렇게 신경 쓰시는지 몰랐습니다."

퉁명스럽게 말하는 그녀를 보며 피월려는 진설린을 떠올리지 않을 수 없었다.

진설누.

그녀는 무심코 보면 진설린과 매우 비슷했다. 얼굴의 생김새나 몸매, 심지어 걸음걸이까지 진설린과 닮아 있었다. 그녀는 진설린의 친동생으로, 어디에 내놓아도 부족함이 없을 정도의 미모를 갖추고 있었다.

단 하나 부족한 것이 있다면, 남자의 마음을 움직이는 치명적인 색기다. 진설린은 단순히 이목구비와 몸매의 비율로만 아름다운 것이 아니다. 그녀의 눈을 보고 말을 섞노라면 뿜어지는 매력이 그녀를 더욱 아름답게 만든다. 눈짓 몸짓 하나하나가 마음을 빼앗고 생각을 멈추게 만든다.

분위기.

가장 미미하면서도 가장 중요한 이 차이가 진설누를 아름다운 여인으로, 진설린은 천상의 선녀로 확실하게 선을 그었다.

그것은 진설린이 천음지체이기 때문에 얻은 차이다. 자매로 태어났지만 진설누는 천음지체가 아니기 때문에, 인간의 한계를 넘어선 아름다움을 가질 순 없던 것이다. 진설린에게 익숙해졌기 때문일까? 피월려는 누가 봐도 찬사를 아끼지 않을 아름다운 진설누를 보면서도 냉정함을 유지하는 데 그리 큰 힘이 들지 않았다.

"린 매가 부탁했소. 그대를 꼭 살려달라고."

진설누는 순간 피월려를 빤히 보다가 곧 고개를 돌려 코웃음 쳤다. 린 매가 누구를 지칭하는지 순간적으로 알지 못했던 것이다.

"가문을 풍비박산 낸 언니가 내 목숨을 귀히 여기다니, 얼토당토않군요. 가문을 나가기 위해 아버지의 목숨까지도 포기한 언니가 왜 내 목숨을 살려달라 했다는 거죠?"

"나도 모르겠소. 하지만 진심으로 간곡히 부탁했소."

"거짓말하지 마세요."

"언니를 믿지 못하시오?"

"가증스러워요."

그녀의 표정에는 혐오감이 잔뜩 묻어났다.

진설누의 입장에서 생각하면 진설린은 증오의 대상이 맞다. 황룡무가의 규수로서 부족함 없이 살아온 진설누는 이제 천마신교의 계획을 위해서 생명의 위험까지도 감수해야 하는 도구 신세가 됐다. 아버지를 죽이고 가문을 망하게 만든 장본인이니, 지금 이 상황까지 진설누를 몰아세운 것도 다름 아닌 그녀의 책임이다.

하지만 피월려는 진설누의 혐오감 속에 증오를 찾을 수 없었다. 묘하게도 그녀는 화를 내고 있지는 않는 것이다.

피월려는 머리를 작게 흔들었다. 적이 한창 추적하는 와중에 잡생각에 빠질 수는 없었기 때문이다. 그는 정신을 집중하고 고삐를 잡은 손에 힘을 넣었다. 기감을 활성화시켜 따라오는 무림인이 없나 주변을 점검함과 동시에 앞을 살폈다.

가장 먼저 들어온 건 말의 갈기까지 흘러내린 거품이었다. 말이 침을 삼키지 못해 입 밖으로 흘러나온 것이다.

"젠장."

짧게 욕설을 내뱉은 피월려는 점차 말의 속력을 줄였다. 그러자 말의 걸음이 점차 불안정하게 변하더니 절뚝거리기 시작했다.

터벅터벅. 피월려는 예고도 없이 진설누의 허리를 한 팔로 감싸 안고 그녀를 옆으로 휙 던졌다.

"꺄— 악!"

짧은 비명 소리와 함께 땅으로 떨어지는 진설누를 먼저 안착한 피월려가 양손으로 부드럽게 받아냈다. 진설누는 놀란 나머지 피월려를 올려다보았는데, 피월려의 표정이 워낙 좋지 않아 뭐라 말을 할 수 없었다.

피월려는 앞에서 걸어가는 말의 상태를 초조하게 보고 있었다. 절뚝거리는 그 상태를 보며 일말의 희망을 가졌지만 말은 결국 채 몇 장도 걷지 못하고 옆으로 쓰러져 버렸다.

쿵.

피윌려는 진설누를 내팽개치고 말에게 빠르게 다가갔다.

"아앗! 당신 정말!"

귓속을 때리는 여인의 높은 목소리에도 피윌려는 듣지 못했다. 정신이 온통 말에 팔려 있었기 때문이다.

말은 입을 벌리고 거친 숨을 내쉬면서 침을 질질 흘리고 있었다. 눈동자는 동태 눈깔처럼 초점을 완전히 잃었다. 피윌려는 무릎을 꿇고 말의 가슴에 귀를 가져다 댔다. 털까지 모두 적신 말의 땀 냄새도 피윌려는 신경 쓰지 않았다. 콧속을 후벼 파는 듯했지만, 그는 후각보다 청각에 더욱 집중했다.

말의 심장 소리는 매우 불규칙적이었다.

"젠장. 젠장. 젠장."

피윌려는 욕설을 연거푸 내뱉었다. 심장에 이상이 온 이상이 말은 죽을 운명이다. 너무나도 갑작스러운 일을 겪고 나서 쉬지도 못하고 전력으로 질주했으니, 심장이 남아날 리가 없었다.

이는 기수인 피윌려의 탓이다. 아무리 훈련이 잘된 말이라 할지라도 이렇게 될 수밖에 없다. 말의 상태도 생각하면서 달렸어야 하는데, 너무 오랜만에 탄 터라 감을 잃어버렸다. 말이

침을 흘리는 것을 보고서야 말의 상태를 깨닫다니. 어처구니가 없다.

어차피 죽을 운명인 거 쉽게 보내주는 게 좋다. 피월려는 허리에 찬 검을 뽑아 들었다. 어디서 제작되었는지도 모를 이름 없는 철검이지만, 피월려의 손에 의해 쓰이니 검기를 두른 듯 말의 육체에 부드럽게 박혀 들어갔다. 심장까지 도달한 차가운 철검이 말의 생명을 취했다.

피월려는 끌어 올리듯 검을 뽑아냈다. 스승님이 가르쳐 준 초식 중 하나지만 그는 오래전에 그런 것을 잊었다. 단지 심장의 피가 빠르게 빠져나가도록 길을 만들어야겠다는 마음을 먹었을 뿐이고, 그것대로 검이 움직인 것이다.

피월려는 검집에 검을 다시 넣었다. 그리고 극한으로 머리를 굴렸다. 아무리 굴려도 답은 하나였다. 당장 도망쳐야 한다.

그는 벌떡 일어나 진설누에게 다가갔다. 피월려를 바라보는 진설누의 눈빛은 판이하게 달라져 있었다. 그 속에는 두려움과 공포가 더러 섞여 있었다.

피월려는 그가 생명을 취하는 것을 직접 목격했으니, 진설누가 그를 두려워하게 된 것이라고 생각했다. 하지만 실상은 달랐다. 진설누가 그를 두려워하게 된 이유는 그의 표정이 놀랍도록 차가워졌기 때문이다. 표정뿐만 아니라 눈빛조차도 살기가 넘실거렸다.

피월려는 그것을 자각하지 못했다.

"일어나시오."

진설누는 즉시 일어났다. 그러고는 더듬거리며 물었다.

"마, 말을 왜 죽이셨죠?"

피월려는 그녀의 손목을 잡으며 말했다.

"심장마비가 왔소. 어차피 죽을 거 편히 가라고 죽였소."

"정말인……."

"그만. 우리가 지금 생각해야 하는 것은 말의 생명이 아니라 우리의 생명이오."

"……."

"우리를 추적하는 무당파의 고수는 매우 강력한 자들이오. 그 명성은 진설누 소저도 들어보셨을 것이오. 내가 홀몸이어도 절대 승리를 장담할 수 없는데 진설누 소저와 함께라면 필패이오. 그것도 저쪽이 혼자일 때 이야기이오. 그런데 최대 다섯이었소. 즉, 필패보다 더하오."

필(必)보다 더한 것이 어디 있을까? 하지만 진설누는 피월려의 말을 이해하고는 여러 번 고개를 끄덕였다.

피월려가 말을 이었다.

"무공을 모른다 했소만, 혹 아는 게 있소?"

"모, 몰라요."

"긴급한 상황을 위해서 비장의 한 수를 준비하셨다면 지금이 바로 그것을 사용해야 하는 상황이오. 작은 실수도 죽음으로 이어질 것이오. 그러니 만약 몰래 익힌 무공이 있다면 지금 확실히 말하셔야 하오."

"없어요. 저는 정말로 아무 무공도 익히지 않았어요."

"경공도 모르시오? 그래도 경공은 가르치지 않소?"

"몰라요. 무공에 관련된 건 하나도 배우지 않았어요."

"하아……."

피월려는 깊은 한숨을 내쉬었고, 그를 보며 진설누는 더욱 불안해졌다. 하지만 그녀는 입술에 꽉 힘을 주며 용기를 내서 다부지게 말했다.

"저를 버리실 생각이세요?"

"……."

"상관없어요. 목숨을 버릴 각오를 했으니, 버리셔도 원망하지 않겠어요."

피월려는 그녀의 용기를 인정했다. 그리고 고개를 들어 그녀를 보았는데, 그 순간 입술을 비집고 나오는 헛웃음을 참을 수 없었다.

"풋, 푸훗."

흔들리는 눈동자와 초조하기 짝이 없는 표정. 그리고 흔들거리는 두 다리까지. 진설누는 당장에라도 쓰러질 것같이 긴장하고 있었다.

피월려는 바로 입을 가렸지만, 진설누는 똑똑히 그 웃음을 들었다. 그럼에도 혹시 몰라 아무런 말도 하지 않았다.

피월려는 자꾸만 올라가려는 입꼬리를 막지 않았다.

"하하하. 뭐, 걱정하지 마시오. 버리지 않을 테니. 린 매와 한 약속도 약속이지만, 사실 진설누 소저가 옆에 있다고 내게 손해가 되진 않소."

피월려의 웃음 때문인지 아니면 그의 말 때문인지, 진설누는 안심한 듯 가슴을 쓸어내리며 말했다.

"저, 정말인가요?"

"정말이오. 하지만 시간이 지나면 지날수록 내게 손해가 되는 것은 확실하오."

"그게 무슨 뜻이죠?"

피월려는 간략하게 설명했다.

"어차피 나는 경공을 모르기 때문에, 빠르게 도망칠 수도 없소. 고작 해봤자 진설누 소저보다 조금 더 빠른 속도겠지만, 경공을 펼치는 자들 앞에서는 거의 의미가 없는 차이이오. 무리해서 빨리 달린다고 한들 마공이 더욱 날뛸 뿐이오. 그러면 어차피 진설누 소저의 몸을 탐해야 하오."

진설누는 순간 자기의 귀를 의심했다.

"네?"

"짧게 설명하겠소. 내가 익힌 무공은 극양의 마공으로 이틀에 한 번은 여인을 취해야 하오. 그렇지 않으면 죽소. 오늘까지는 동료에게 받은 마단으로 어떻게 버텼지만, 이렇게 추적전이 시작된 이상, 얼마나 더 버텨야 하는지 모르겠소."

"무슨 소리를 하는지 이해할 수가 없어요. 도대체 뭐라고 하시는 거죠? 나를 탐한다는 것이 거, 겁탈을 의미하는 건 아니겠죠?"

"정확하오."

"……."

진설누는 도저히 참지 못하겠다는 듯이 얼굴을 잔뜩 찡그리며 팔을 크게 휘둘러 피월려의 손길을 떼어내려 했다. 하지만 피월려의 아귀가 여인의 힘에 의해 떨어져 나갈 정도로 약할 리 없었다.

피월려가 차분한 목소리로 말했다.

"모든 것을 이해할 필요는 없소. 단지 두 가지만 이해하면 되오."

"……."

"하나, 나와 떨어져 홀로 추적에서 벗어나든가. 둘, 나와 함께 움직이되 언제든 내게 겁탈당할 준비를 하든가."

"당신 미쳤군요."

"나와 움직인다면, 그대의 생명을 최우선으로 생각하겠소."

"잘도 그러시겠군요."

"그게 곧 내 생명을 최우선으로 생각하는 것이오. 내 무공은 극양의 마공으로……."

진설누는 비명 같은 괴성을 질렀다.

"나를 겁탈한다면서요? 당신 미쳤어요!"

"말이 안 통하는군. 지금은 생명이 위급한 상황이오. 다른 것까지 바라는 것은 사치이오. 왜 이것을 이해하지 못하시오?"

"당신은 미쳤어요!"

"쯧."

피월려는 짜증 난다는 듯이 혀를 차면서 그녀를 놓아주었다. 그녀는 자기 힘에 못 이겨 엉덩방아를 찧었는데, 그는 아랑곳하지 않으며 앞으로 걸어 나갔다. 진설누는 급히 몸을 털고 일어나서 빠르게 그의 뒤를 뒤쫓아 갔다.

피월려는 돌아보지도 않고 말했다.

"쫓아오지 마시오. 내 옆에 머물면 적어도 내일 밤 안에 겁탈당하게 될 테니까."

피월려의 빠른 걸음은 진설누가 뛰는 것만큼 빨랐다. 그렇기에 진설누는 전속력으로 뛰어야 겨우 피월려를 따라잡을 수 있었다.

"잠깐만요. 잠깐만. 설명 좀 해줘요. 이게 대체 무슨 상황이에요. 네? 이봐요."

피월려는 묵묵부답이었다. 그는 빠르게 걷는 것에만 모든
정신을 집중한 것 같았다.

진설누는 눈에서 흘러나오는 눈물을 닦아냈다. 그런데 한
번 눈물이 흘러나오자, 걷잡을 수 없이 흐르기 시작했다. 그
녀는 세수라도 하는 것처럼 얼굴을 닦았는데, 그래도 또다시
눈물이 떨어졌다. 그러는 와중에도 피월려를 따라가는 것을
멈추지 않았다. 따라가면 안 된다는 것을 알면서도 그녀는 자
동적으로 움직이는 다리를 멈출 수 없었다.

본능은 걸으라는 명령을 내렸고, 정신은 걷지 말라고 명령
을 내렸다. 그러니 진설누의 다리가 제대로 움직일 리 없었다.
그녀는 몇 걸음 걷지도 못하고 툭 튀어나온 나무뿌리에 걸려
넘어져 버렸다.

"아앗!"

바닥에 털썩 주저앉은 그녀는 발목에서 오는 통증을 견뎌
낼 수 없었다. 평소라면 충분히 견뎌낼 고통임에도 왜 이리
아픈지 도저히 참을 수 없었다. 그녀는 주저앉은 자리에서 울
음을 터뜨렸다.

터벅.

"흐흑."

터벅.

"흑."

터벅터벅.

"흐흑, 흐윽."

피월려가 한 발자국씩 움직일 때마다 그녀의 울음소리가 들렸다. 일부러 박자를 맞추는 것이 아닌지 의심이 갈 정도로 정확했다.

설마 애교인가?

피월려는 어이가 없었다. 그의 걸음은 멈추지 않았다.

냉정한 발걸음은 그를 서서히 진설누에게서 멀어지게 만들었다. 진설누는 멍한 눈길로 그것을 바라보고만 있었다.

언젠간 멈추겠지. 언젠간 멈추겠지.

그렇게 그의 모습이 완전히 숲속으로 사라졌을 때, 진설누의 마음속 깊은 곳에 있던 마지막 희망이 모두 사라졌다.

그녀는 목 놓아 울었다.

실컷 울었다.

물을 너무 쏟아내, 목이 마를 정도로 울었다.

"훌쩍. 훌쩍."

마음속의 감정을 눈물과 함께 흘려보내니, 점차 주변 상황이 눈에 들어오기 시작했다. 피월려에게만 신경 쓰던 터라 몰랐는데, 이제 보니 위험하기 짝이 없는 숲 한복판에 버려져 있는 자신이 보였다.

우뚝 솟은 노목들은 이제 막 겨울을 지난 시기라고 믿을 수 없을 정도로 울창했다. 날씨가 조금이나마 풀리자마자 강력한 생명력을 내뿜으며 각 가지마다 수천 개의 잎사귀를 피워낸 듯싶었다. 서로 더 많은 햇빛을 받기 위해서 수십 년간 씨름하다 보니, 모든 가지와 모든 잎사귀가 삼 장 높이에서부터 햇빛을 가리고 있었다.

때문에 그 아래는 낮이라고 믿기 힘들 정도로 어두웠다. 노목들은 햇빛이 들지 않는 아래에 가지를 뻗지 않았기 때문에, 사람이 있는 땅 위는 휑했지만 오히려 그 휑함이 더욱 공포를 가중했다. 마치 벽이 없는 방 안에 갇힌 기분이 들었다.

진설누는 두려운 기색으로 자리에서 일어났다. 하지만 곧 발목에서 느껴지는 고통에 얼굴을 찡그리며 다시 바닥에 엎어졌다. 초라하기 짝이 없는 신세에 말랐던 눈물샘이 다시 차오르기 시작했지만, 그녀의 마음속에 한번 스며든 공포는 슬픔조차도 밀어낼 만큼 무럭무럭 자라고 있었다. 그녀는 애써 힘을 내며 걸음을 옮기기 시작했다.

하지만 곧 포기했다. 도저히 걸을 힘이 나지 않았기 때문이다. 마음속에는 작은 희망조차 없었지만, 죽음의 공포가 그녀의 입을 열게 만들었다.

"누구 없어요? 도와주세요!"

돌아오는 말은 그녀의 메아리밖에 없었다. 그것조차도 매우 음산하게 울려, 진설누는 자기의 메아리에 자기가 놀라 버렸다. 마음을 가득 채운 공포는 별거 아닌 것조차도 그녀의 신경을 곤두서게 만들었다.

그녀는 다시금 울상이 되었다.

"누구시오? 여인이시오?"

남자의 목소리다.

환청인가? 그래도 상관없다. 진설누는 있는 힘껏 소리쳤다.

"여기 있어요! 도움이 필요해요!"

"알았소. 잠시 기다리시오. 그쪽으로 가겠소."

다시금 들리니 환청은 아닌 것 같다.

진설누는 온몸에 힘이 빠져나가는 것을 느꼈다. 너무나 큰 안도감에 다리에 힘이 풀려 버려 또다시 주저앉았지만, 이번에는 얼굴을 찡그리지도, 아픈 소리를 내지도 않았다. 오히려 화사한 미소만이 그녀의 얼굴에 감돌 뿐이었다.

발걸음 소리가 점차 가까워졌고, 남자가 진설누 앞에 나타났다. 남자가 아니라 남자들이었는데, 총 세 명으로 모두 하나씩 검을 들고 있었다.

그중 중앙에 있던 사내가 물었다.

"딱 보니 진설린 소저 같은데. 맞으시오?"

진설누는 본능적으로 아니라고 하려 했지만, 갑자기 뇌리를 스치는 듯한 감각에 고개를 끄덕였다. 여인의 감으로 봤을 때, 진설린을 찾고 있는 이들에게 진설린이라 말하는 것이 훨씬 효과적일 거라는 느낌이 든 것이다.

"맞아요. 제가 진설린이에요. 그런데 푸른 상투 끈을 보아하니, 무당파의 인물들이 맞으신가요?"

남자가 고개를 끄덕이며 말했다.

"나는 태극변정(太極變靜) 훈명노이오. 부족하지만 무당파의 태극진인이오."

태극진인.

무당파가 가진 유일한 무력단체로서, 소림파의 십팔나한과 화산파의 매화검수와 비견된다. 무당파의 젊은 인재들 중 장래가 총망한 이들이 모두 속해 있는 집단으로 기본이 일류이며, 몇몇은 절정에 이르는 무당파의 젊은 얼굴이라고 할 수 있다.

황룡무가 여식으로, 그 정도의 사실은 모두 알고 있었던 진설누가 대답했다.

"그 고명은 익히 들어 알고 있습니다."

"나 역시도 낙양제일미의 고명을 익히 들어 알고 있소. 참으로 아름다우시오."

"과찬이십니다."

"다른 곳에서 만났으면 좋았을 것을. 이렇게 알게 되어 참으로 유감스럽소."

노골적이다.

진설누는 애써 웃었다.

"소녀, 무슨 뜻인지 모르겠습니다만?"

훈명노는 무표정을 유지하며 대답했다.

"현재 우리가 찾는 이는 피월려라는 마인이오. 천마신교인
지 호마궁인지, 하여간 마공을 익힌 마인이라는 사실에는 변
함이 없소. 우리가 그를 찾는 이유는 단 하나. 추살령이 내려
졌기 때문이오. 그의 스승인 광소지천에게 척살령이 내려졌었
는데, 그의 강력한 무공인 낙성(落星)을 마인이 전수받았으니
추살령까지 내려지게 되었소. 무당파의 무공과 극상성인 낙성
이 천마신교나 호마궁의 손에 넘어가게 할 수는 없기 때문이
오."

그가 말을 마치자 그 옆에 가장 어려 보이는 사내가 작은
목소리로 말했다.

"사형. 너무 많은 것을 알려주시는 것은 옳지 못합니다."

훈명노는 그의 말을 무시하고 말을 이었다.

"뿐만 아니요. 몇 개월 전, 구룡사봉 중 일부가 암살을 당
하는 사건이 벌어졌소. 그중 구룡사봉의 현룡, 훈명산이 죽었
소. 그는 내 친동생으로 어릴 때 아버지와 어머니를 잃어 내
가 부모 노릇을 했다오. 나는 그의 사망 소식을 듣고 충격으
로 수개월 동안 굴에 틀어박혀 복수심으로 칼을 갈아 절정에

이를 수 있었고, 또한 태극진인에 들어올 수 있었소. 그 후에 알게 된 사실인데, 동생은 마인에게 당했다고 했소. 마인에게 말이오. 하하하. 믿을 수 있겠소? 무당파에서 최고로 칭송받던 후기지수인 동생이 하찮은 마공 따위를 익힌 마인에게 당했다는 것을? 그것은 무당파에 극상성인 무공을 가지고 있지 않고서야 불가능한 일이오."

"……."

"모든 열쇠는 피월려, 그자가 쥐고 있소. 그러니 나는 그를 찾는 데 어떠한 방법도 마다하지 않을 것이오. 보는 이가 없다면 무당파의 이름에 먹칠하는 일까지도 서슴없이 할 것이오. 묻겠소, 소저. 그 씹어 먹을 마인은 어디로 향했소?"

"소녀는 아무것도 몰라요."

"다시 묻겠소. 어디 있소?"

"정말 몰라요. 그자는 나를 버리고 어디론가로……. 꺄— 악!"

짝!

거침없는 무림인의 손길은 내공이 담겨 있지 않다고 해도, 힘없는 여인이 감당하기에는 턱없이 강했다. 뺨이 얼얼하다 못해 뜨겁게 달아오르는 것을 느낀 진설누는 정신이 번쩍 드는 고통에 옆으로 쓰러질 수밖에 없었다.

셋 중 가장 어린 남자가 훈명노 앞을 가로막았다.

"사, 사형! 힘없는 여인입니다."

"닥쳐라. 네놈같이 연약한 놈은 아무것도 할 수 없다."

"하, 하지만."

"저 멀리 가 있거라. 내가 알아서 할 테니까."

"그, 그래도."

"어허! 어서! 이건 사형으로서 명령이다."

"……."

어린 사내는 고개를 푹 떨어뜨리고는 힘없는 발걸음으로 멀찌감치 걸어가기 시작했다.

그러자 그 광경을 처음부터 끝까지 보기만 했던 세 번째 남자가 혓바닥으로 입술을 핥았다.

그는 어린 사내가 충분히 떨어졌다는 것을 확인하고는 마음속에 겨우 참고 있었던 더러운 욕망을 얼굴로 마음껏 드러냈다.

그는 징그러운 눈빛으로 진설누를 바라보며 훈명노에게 말했다.

"사형. 제게 맡겨주십시오."

"안 그래도 그럴 생각이었다. 네놈의 버릇을 내가 잊었다고 생각하는 건 아니겠지?"

"에이, 사형도. 그걸 눈감아주는 조건으로 제가 사형을 태극진인으로 추천한 것 아니겠습니까? 모든 걸 말해준 것을 보니 어차피 죽일 것 같은데……. 한 번만 맛을 보게 해주십시오. 그러면 이번에도 투표에서 사형에게 표를 드리겠습니다. 그 말로만 듣던 낙양제일미라니……. 살다 보니 이런 날도 오는군요."

"더러운 놈. 네 마음대로 해라. 하지만 피월려의 행방을 꼭 알아내야 한다."

"여부가 있겠습니까? 으흐흐. 여인을 고문하는 게 제 특기 아니겠습니까?"

"어서 해라. 벌레만도 못한 놈."

훈명노는 경멸을 담은 눈빛으로 그 남자와 진설누를 번갈아보더니, 곧 도포 자락을 획 하니 거두며 돌아서서 걸었다. 그러자 그 남자의 눈빛에서 노골적인 색욕이 올라와 악마 같은 미소를 만들었다.

눈은 웃는데 입은 웃지 않고 있었다.

"뽀얀 살결이 아주 죽이는군. 역시 비싼 여자가 좋아."

진설누는 몸을 파르르 떨면서 옷깃을 꽉 붙잡았다. 역겨움이 치솟아 올라 구토가 나고, 머리가 어지러울 지경이었다. 그녀는 최대한 웅크리며 몸을 보호하기 위해 안간힘을 썼다. 하지만 그 모든 노력은 남자를 더욱 흥분시킬 뿐이었다. 무림인의 완력과 내공이 합쳐진 근력 앞에서는 아무런 반항도 되지 못했다.

찌이익.

그 남자는 우악한 손길로 그녀의 옷을 단번에 찢어버렸다. 그러곤 징그러운 혀를 입에서 내밀어, 진설누의 뺨을 핥았다.

"으흐흐……. 괴로워? 싫어?"

"흐흑. 흐윽."

진설누는 울음을 속으로 삼킬 뿐이었다. 그것 말고는 할 수 있는 것이 없었다. 남자의 눈동자는 그런 그녀의 모습을 보며 더욱 욕망으로 불타올랐다.

그는 한 손으로 진설누의 양손을 잡아 위로 돌렸다. 그리고 허리를 숙여 그녀의 귀에 입술을 가까이 가져갔다.

"싫지? 흐흐. 그럼 말해. 그 마인이 어디로 갔는지?"

"모, 몰라요."

"그래? 이런 식으로 나오면 나야 좋지."

남자는 다른 손으로 그녀의 귓가를 쓰다듬었다. 진설누는 징그러운 벌레 한 마리가 피부 위로 기어가는 듯한 느낌에 온몸을 파르르 떨었지만, 남자의 손길은 멈출 생각을 하지 않았다. 매우 천천히, 또한 매우 세밀하게 남자의 손이 진설누의 옥체를 탐닉했다.

"아직도 모르겠어? 말만 해준다면 금방 끝내줄 텐데 말이지."

손이 점차 내려갔다. 귀에서 턱으로, 턱에서 목으로, 목에서 가슴으로. 진설누는 이 악몽이 끝나기를 바라며 쉴 새 없이

숨을 몰아쉬었지만, 변하는 것은 단 하나도 없었다.

물컹.

"아앗!"

남자의 손은 사정없이 진설누의 가슴을 움켜쥐었다. 극심한 고통을 느낀 진설누는 얼굴을 찡그리며 신음 소리를 내었다. 서서히 공포는 현실이 되어가고 있었고, 그것을 멈출 수 있는 것은 아무것도 없었다.

"미치겠군. 크흐흐. 어서 말해. 말하지 않으면 오래 걸릴 거야. 아주 오래 말이지."

"저, 정말로 흐흑. 몰라요. 제발. 제발 그만해요. 제발 부탁해요."

그녀를 유린하는 남자의 손길은 간신히 버티고 있던 진설누의 정신을 깨부쉈다. 진설누는 자기가 무슨 말을 하는지도 알지 못하고, 연신 제발이라는 말만 반복했다.

그 남자는 사악한 미소를 지었다.

"좋아. 어디까지 가나 한번 보자고."

남자는 가슴에서 손을 떼어 점차 내리기 시작했다. 배를 쓸었고, 배꼽에 다다랐다. 그리고 그보다 더 은밀한 곳에 손이 내려가기 시작했다.

진설누의 눈은 점차 초점을 잃었다. 그녀의 시야에는 아무것도 들어오지 않았다.

피월려.

유일한 희망이자 유일한 해답인 그가 눈앞에 아른거렸다. 하지만 아른거릴 뿐이다.

피월려는 어디에도 없었다. 그녀는 간절히 그가 나타나기를 빌었다. 빌고 또 빌었다. 하지만 그는 나타나지 않았다.

손길을 멈추지 않은 채, 남자가 갑자기 위로 올라왔다. 진설누의 눈을 보고 그녀가 저항할 의지를 완전히 잃어버렸다는 것을 깨닫고는 중얼거렸다.

"큭큭. 역시 귀하게 자란 처자가 좋군그래. 상황 파악이 빨라."

남자는 얼굴을 들이밀고, 진설누의 고운 입술에 그의 지저분한 입을 가져가 억지로 혀를 밀어 넣었다. 진설누는 그의 혀가 입안에 들어오자, 오물을 먹은 것같이 구역질이 날 것 같았다.

구해줄 사람은 없다.

아무도 없다.

오직 나.

나 하나뿐.

머릿속에 스쳐 가는 수많은 남성.

그녀의 아름다움에 반한 듬직하고 멋진 남성들.

그들 중 아무도 없다.

오직 나.

나 하나뿐.

진설누는 있는 힘껏 그 남자의 혀를 물었다.

"크아아악!"

피거품을 문 남자가 고꾸라지듯 옆으로 쓰러졌다. 아무리 고통에 익숙한 무림인이라고 하지만, 혀가 반토막이 나는 고통을 쉽게 이겨낼 수는 없었다. 그는 양손으로 자기의 입을 가리면서 피눈물을 흘렸다.

"퉤!"

진설누는 옆으로 고개를 돌려 입안에 문 그 남자의 혓바닥을 뱉었다.

그녀의 눈빛은 전에 찾아볼 수 없었던, 강력한 욕구로 빛이 나고 있었다. 그것은 바로 생존 욕구. 기필코 이 자리에서 살아남겠다는 강력한 의지가 담겨 있었다.

하지만 의지만으로 모든 것을 할 수는 없다. 그녀는 급히 몸을 일으키려 했지만, 다리는 경련을 일으키며 말을 듣지 않았다. 강간을 당하기 직전이라 무의식적으로 온몸이 돌이 되도록 힘을 주고 있었기 때문에 피가 통하지 않은 것이다. 갑자기 근육을 움직이려 해도 움직일 수 없었다.

그녀는 숨을 거칠게 쉬었다. 그러고는 몸을 뒤집었다. 그리고 그녀는 안간힘을 써 기어가기 시작했다. 흙과 돌들이 가득

한 땅바닥 위를. 황룡무가에서 곱게 자란 그녀는 평생 해본 적도 없고 해볼 것이라고 생각지도 못한 일이었다.

"이 써거빠지 거레녀이!!"

남자의 표정은 고통으로 일그러져 있었지만, 눈은 분노로 활활 타오르고 있었다. 한 손으로 입을 막아 출혈을 최소화시키면서, 다른 손으로 검을 뽑아 들었다. 그라고는 벌떡 일어나 진설누에게 빠르게 접근했다. 엉금엉금 기어가는 진설누의 뒷머리를 붙잡고는 강하게 잡아당겼다.

"꺅!"

진설누는 짧게 비명을 질렀고, 절로 고개가 들렸다. 뒷머리가 당겨지자 그녀의 허리가 역으로 꺾이면서 상체가 들린 것이다.

남자는 검을 그녀의 목에 들이밀었다.

"씨바녀. 온모을 찌져 주여주마."

그 남자는 검을 높게 들어 진설린의 목을 자르려 했다. 하지만 그때, 막 비명 소리를 듣고 다가온 훈명노가 다급히 말했다.

"잠깐 멈춰라! 그녀를 죽이는 것은 용납할 수 없다. 그 마인의 행방을 찾아야 한다."

그의 뒤로 급히 따라온 어린 남자도 즉시 말했다.

"지 사형, 훈 사형의 말이 맞습니다. 살계를 열지 마십시오!"

지 사형이라 불린 그 남자는 검을 치켜든 채로 고정하면서 진설누의 머리끄덩이를 잡은 손을 놓고는 자기의 입을 가리키며 괴성을 질렀다.

"이거으 보시오! 내 이녀으 찌여 주이거요! 내 혀르. 내 혀르! 으아아!"

그 남자는 결국 성을 참지 못하고 검을 내려찍으려 했다. 그 순간 훈명노가 검집에서 검을 뽑음과 동시에 보법을 펼쳐 그에게 순식간에 다가갔다. 그러고는 칼등으로 남자의 손목을 탁 하고 쳤다. 그러고는 손날로 재빠르게 뒷목을 내려쳤다.

"크악!"

손목이 꺾이며 검을 놓친 남자는 털썩 주저앉았다. 혀에서 느껴지는 고통 때문인지 정신을 잃어버리진 않았지만, 몸의 통제권은 완전히 잃어버렸다. 그는 털썩 바닥에 쓰러졌다. 하지만 눈동자는 희번덕거리며 정면을 노려보고 있었다.

가장 어린 사내는 안도의 한숨을 쉬면서 그들에게 다가갔다. 그리고 쓰러진 사내를 내려다보며 훈명노에게 말했다.

"다행입니다. 사형. 아무것도 얻지 못하고 손실만 생길 뻔했습니다."

훈명노가 고개를 끄덕였다.

"그래. 다행히……"

훈명노의 말끝이 흐려졌다. 순간 이상하다는 생각이 든 어린 사내는 고개를 들어 훈명노를 보았다.

훈명노의 머리가 있어야 할 자리에, 처음 보는 사내의 머리가 있었다.

툭.

바닥에 뭔가 떨어진 모양이다.

어린 사내는 바닥에서 들린 소리에 아래로 시선을 돌렸는데, 그곳에는 막 아래로 떨어진 훈명노의 머리가 이해하지 못하겠다는 눈빛으로 그를 올려다보고 있었다.

어린 사내는 다시 고개를 들었다.

번쩍하더니, 세상이 둘로 갈라졌다.

*　　　　　*　　　　　*

탁. 타악.

모닥불에 타들어가는 나뭇가지가 묘한 안정감을 주는 소리를 내었다. 막 겨울이 지나 나뭇가지에 충분한 수분이 없어 불은 뜨겁게 타오르고 있었다. 화염은 주변 공기를 데워 진설누에게 따뜻함을 선사했지만 그녀는 그것만으로는 모자랐는지, 찢어진 옷가지를 붙잡아 몸을 가렸다.

피월려는 상의를 벗었다. 우락부락하진 않지만, 꿈틀거리는 촘촘한 근육이 드러났다. 진설누도 여인인지라 이런 상황에서도 어쩔 수 없이 그 몸에 눈길이 가고 말았다. 황룡무가에서 자라면서 저 정도의 근육은 지겹게 봐왔지만, 피월려의 것은 눈길을 뗄 수 없게 만드는 매력이 있었다. 진설누는 그것이 무엇인지 즉시 알 수 있었다.

상처.

황룡무가의 무인들도 온몸에 상처가 있는 경우가 많았다. 하지만 피월려의 수준에는 비할 바가 못 됐다. 상처가 없는 곳보다 있는 곳이 많았고, 상처와 상처가 만나는 곳이 상처와 상처가 만나지 않는 곳보다 많았다. 바람에 흔들리는 모닥불의 불빛이 상처를 흔드는 듯한 착각을 만들어, 한 폭의 그림처럼 그녀를 감상적으로 만들었다.

찬바람에 몸을 떨면서도 진설누는 진심으로 그것이 아름답다는 생각을 했다.

"받으시오."

피월려는 상의를 진설누에게 건넸다. 진설누는 버릇대로 사양하려 했지만, 곧 자기의 처지를 자각하고는 거절하지 않았다. 옛날 같았으면 적어도 네 번은 거절했을 것이다.

그녀는 피월려의 상의를 받아 입었다. 그의 따스한 온기가 남아 있어 차가운 몸을 빠르게 데우는 느낌이 좋았다.

"감사해요. 피 대인도 추우실 텐데."

피월려는 피식 웃었다.

"새삼스럽게 대인이라니. 아까처럼 그냥 당신이라 부르시오, 진 소저. 그리고 마음 쓸 것 없소. 전에도 말했지만, 내가 익힌 무공은 양강의 무공이라 추위를 타지 않소."

"그런가요? 저는 무림세가의 여식이지만 무공에 대해서는 아무것도 알지 못해요."

"린 매도 그렇고……. 황룡무가 같은 곳에서 왜 자식에게 무공을 가르치지 않는 것이오?"

"자식이지만 여인이기 때문이죠. 어차피 정략결혼으로 다른 가문의 사람이 될 터인데 가문의 무공을 익혔다가는 비기가 빠져나갈 가능성이 크기 때문이에요. 그래서 무공에 관련된 것만큼은 철저하게 배제되죠."

"아……. 그렇군. 내가 낭인 출신이라 그런지 그런 점을 생각하지 못했소."

피월려는 그렇게 중얼거린 뒤에, 옆에 있는 가지를 불속에 던져 불을 살렸다.

한동안 침묵이 오가고, 곧 진설누가 입을 열어 말했다.

"주변에 강이 있나요?"

피월려가 대답했다.

"지금은 너무 어두워서 움직일 수 없소. 내일 강을 찾을 것이오. 하남성은 물이 풍부하니 아마 쉽게 찾을 수 있을 것이오."

"……."

"목이 마르다면 이것으로 축이시오."

피월려는 어디서 구했는지 모를 과일을 건넸지만, 진설누는 사양했다.

"목이 마른 것이 아니에요. 배도 고프지 않고요."

"그러면 왜 강을?"

"그냥……. 씻고 싶어요. 하지만 지금 상황에서는 사치겠죠. 이해해요."

반나절이 지나 밤이 되었다. 그런데 목을 축이는 것보다, 음식을 먹는 것보다, 몸을 씻고 싶은 욕구가 먼저다? 피월려는 한동안 그녀의 마음을 이해할 수 없다가 겨우 알 수 있었다.

피월려는 조심스럽게 말을 꺼냈다.

"아까는 고마웠소. 진 소저가 아니었으면, 그들을 죽일 수 없었을 것이오."

진설누는 냉소를 머금었다.

"고마워야 할 입장은 저이지요. 당신이 아니었으면, 전 이미 죽은 목숨이었을 거예요. 감사드려요."

전혀 감사하지 않는 눈치다. 피월려는 그 이유를 알았기에 마음이 불편해졌다. 그래서 자기도 모르게 변명부터 시작했다.

"그들은 모두 절정고수였소. 정면 승부를 벌였다면 나는 절대 그들을 이길 수 없었을 것이오. 아니, 한 명하고만 싸웠더라도 승리를 확신할 수 없소. 아마 패배했을 것이오. 무당파는 백도무림의 구파일방 중 하나인 거대 세력. 그들의 무력집단인 태극진인이니, 절대적으로 패배했을 것이오. 따라서 나는 신중에 신중을 기해 암습할 수밖에 없었소."

진설누는 말이 없었다. 그녀의 표정은 차가웠고, 눈빛은 서늘했다.

시간이 지나고 피월려가 대답을 듣기를 포기할 때쯤, 그녀의 입이 열렸다.

"하나만 말해줘요. 내가 겁탈을 당하는 동안에 옆에 계셨었나요?"

"위에 있었소. 나무 위에."

"보고 계셨군요."

"그렇소."

진설누의 얼굴에는 변화가 없었다.

"제가 겁탈을 당하고 죽었더라도 계속 보고만 계셨을 건가요?"

"기회가 오질 않았다면 아마 그랬을 것이오."

"솔직하시군요."

"거짓을 말해 내게 좋은 것이 없소."

"그렇겠죠. 제가 조용히 당해주기를 바라니까요. 당신도 나를 겁탈하겠다고 했잖아요."

"무공 때문이오. 내 욕심이 아니라."

"그게 나와 무슨 상관이죠? 나는 여전히 겁탈을 당하는 거예요."

피월려는 진정하라고 손짓했다.

"이성적으로 생각하시오. 이성적으로. 내 무공은 양강의 무공으로……."

"이성적이지 못한 사람은 당신이에요. 어떻게 강간을 이성적으로 받아들이라는 거예요?"

피월려는 고개를 숙이고 한숨을 내쉬었다.

"하아……. 무림인이 아닌 범인에게, 그것도 귀한 집안의 규수에게 순결이 의미하는 바가 얼마나 큰지는 잘 아오. 하지만 그건 환상에 지나지 않소. 무겁다 하면 무거운 것이고 가볍다 하면 가벼운 것이오. 내가 낭인으로 지낼 때 많은 흑도의 여인을 만났는데, 그들은 마치 남자들처럼 단순히 즐거움으로 성교를 생각하는 경우가 많았소. 왜 세상의 여인들이 순결에 무게를 두는지 모르겠지만……."

진설누는 재빠르게 받아쳤다.

"흥, 무게를 두는 건 남자들이죠. 순결을 유지하지 못한 여인을 그것만으로 더럽게 취급하는 게 남자들이고, 그렇게 판단하는 것도 남자들이에요. 만약 여성들이 남자의 순결에 무게를 두고, 남자의 판단 기준을 순결에 두었다면 남자들도 순결을 귀하게 생각하겠죠. 그리고 지금 이런 대화조차도 하지 않을 것이고요."

"그 말이 사실이라고 해도, 결국 여자들이 남자들의 순결을 귀히 여기지 않아 그런 것 아니요?"

"남존여비를 모르시진 않겠죠. 중원에서 여인의 사상과 여인의 생각은 중요하지 않아요. 결국 남자들이 이끄는 세상이고 남자들이 지배하는 세상이죠. 이런 곳에서 사는 여자들은 남자들의 잣대에, 남자들의 기준에 맞춰 살 수밖에 없어요."

"그래서 순결을 지키고 싶다? 이 말이오? 나중에 결혼할 남자에게 잘 보이기 위해서?"

"그렇게 단순히 생각할 수 있는 문제가 아니에요. 순결은 내게 있어 자존이고 생명이에요."

"본인 입으로 말하지 않았소? 그건 남자들의 생각이고 남자들의 기준이라고."

"무슨 뜻이죠?"

"환상이라는 것이오. 순결을 가치 있게 생각하는 거 자체가 말이오. 그것은 남자들이 여자들에게 씌운 올가미요. 남자들의 욕망에 여자들을 맞추기 위해서 말이오. 당신이 그런 것에 신경 쓰는 것 자체가 남자들에게 놀아나는 것이오."

진설누는 표독한 표정을 짓고는 말했다.

"아버지가 왜 오라버니를 죽음으로 몰았는지 아세요?"

갑자기 다른 주제이지만, 피월려는 굳이 지적하지 않았다.

"왜 그랬소?"

"오라버니가 자기의 자식이라 믿었는데 그 믿음을 배신당했기 때문이에요. 자기의 자식이라 생각하고 키웠는데, 자기 자식이 아니니 화가 날 만도 하죠."

"……."

피월려는 그 말이 끝나자마자 왜 그녀가 그 말을 시작했는지 알 수 있었다. 진설누는 논리적인 설명을 더했다.

"남자는 민감해요. 누가 내 자식인지. 여자와 다르게, 확인할 방법이 없으니까요. 그래서 순결한 여자를 찾는 거예요. 나는 내가 평생을 함께할 남자의 아이를 낳고 싶어요. 그리고 내 남자가 내 아이의 아버지가 되길 원해요. 따라서 내겐 순결이 필요해요."

피월려는 썩은 미소를 얼굴에 그렸지만, 진설누의 말에 반박하지 않았다. 단지 진설누의 시선을 쫓아 일렁이는 불을 응시했다.

찬바람이 두어 번 불었다.

피월려가 말했다.

"역시 귀한 집안의 자식이라 그런지 교육이 잘되어 있소. 말장난에 쉽게 넘어오지 않는군."

"솔직히 말해봐요. 방금 말한 거 다 헛소리죠?"

피월려는 민망함에 고개를 숙였다.

"그렇소. 개소리지. 그냥 소저가 순순히 음양합일을 따라줬으면 해서 설득한 것뿐이오."

"왜……. 강압적으로 하지 않으시죠? 무공을 위해서면 형제라도 죽이는 무림인이 여인의 순결을 생각해 주다니요, 믿을 수 없어요."

피월려는 옆에 있는 가지를 들어 불을 살렸다.

"내가 필요한 음양합일은……. 강간이나 겁탈로 이뤄질 수 없는 것이오. 음과 양의 조화를 목적으로 하는 것인데, 여인이 반항한다면 어찌 조화를 이룰 수 있겠소? 그래도 한 가지 방법은 있소. 당신의 몸에, 내 안에 넘치는 양기를 무작정 쏟아내는 것이오. 하지만 그렇게 되면 양기를 감당하지 못한 진 소저가 죽음에 이를 것이오."

"……."

"어차피 이렇게 된 거, 모든 것을 다 까놓고 말하겠소."

진설누는 순간 몸이 떨리는 것을 참아냈다. 피월려에게 약한 모습을 보이고 싶지 않았기 때문이다.

그녀가 담담한 목소리로 말했다.

"말씀하세요."

"나와 함께한다면 그동안은 안전을 보장하겠소. 허나 내가 음양합일을 원할 때는 동의해야 하오. 만약 동의하지 않는다면, 소저의 죽음을 무릅쓰고서라도 할 것이오. 변명을 하자면, 음양합일을 하지 않으면 나는 양기가 쌓여 죽소. 소저를 죽여서라도 나는 살 것이오."

"제가 함께하지 않으면요?"

"당장 내 곁을 떠나시오. 그것이 내가 해줄 수 있는 최소한의 배려이오."

피월려는 자리에서 일어났다. 그리고 몸을 툴툴 털더니 말을 이었다.

"아까 잡아놓은 그자가 지금쯤 깨어났을 것이오. 그자를 고문하여 정보를 알아내야겠소. 빠르면 반각, 늦어도 반 시진 안엔 돌아올 것이오. 그동안 고민해 보시오. 내가 돌아왔을 때, 아직도 이곳에 있다면 나와 함께한다는 뜻으로 알겠소. 그 이후에는 도망치려 한다면 강제로 음양합일을 하고 죽일 것이오."

진설누는 서늘한 목소리에, 순간 소름이 돋아 몸을 부르르 떨었다. 지금까지 잘 대해줬지만, 피월려가 무림인이라는 사실을 다시금 자각할 수 있는 목소리였다.

피월려는 검을 느리게 뽑으며 거침없는 걸음으로 불가에서 멀어졌다. 진설누의 얼굴을 일부러 보지 않으며 앞만 보고 걸었다. 그는 머릿속에 든 모든 잡생각을 버리고 삼통고에 관한 기억을 되새겼다.

그가 무당파의 무인에게 다가왔을 때는 죽음을 관장하는 사신과도 같은 모습이었다.

"히! 히이익!"

무당파의 무인은 두려움에 몸을 떨며 괴상한 신음 소리를 내었다. 혀가 반토막이 나고 팔다리의 힘줄이 끊어져 숨 쉬고 눈을 깜박이는 것밖에 할 수 없었다.

피월려는 그의 옆에 놓인 검을 들었다. 그것은 무당파의 태극진인만이 소유할 수 있는 검으로, 남자의 것이었다.

남자 옆에 고스란히 검을 놔둔 이유는 희망을 모조리 죽이기 위해서였다. 단전을 부수고 힘줄을 잘라, 아무런 힘도 남아 있지 않은 육신의 상태를 정확하게 직시하게 한 것이다. 일말의 희망조차 없는 사람은 고문을 하기 전에 실토하기도 하며, 그렇지 않더라도 조금의 고문조차 견디지 못한다.

피월려는 그 사실을 다시금 각인시켰다.

"검을 집으려고 안간힘을 썼겠지? 안 봐도 눈에 훤해. 하지만 어때? 네 육신은 죽은 것과 다름없어. 여기서 살아남아도 무공은커녕 범인의 삶도 얻을 수 없을 거야."

남자는 피거품이 섞인 침을 질질 흘렸다. 피월려는 남자의 검을 슬슬 쓸면서 말을 이었다.

"내 말에 대답하면 여기서 깔끔하게 죽여주지. 하지만 대답하기를 거부한다면 이대로 놔둘 거다. 너는 이 숲속에서 공포에 떨다가 산짐승에게 산 채로 뜯어 먹힐 거야. 무당파의 가르침 중에서 동물의 먹이가 되어 죽은 사람의 사후가 어떻게 되는지 궁금하군."

축생계에 남겨져 먹잇감으로 전락한다.

남자의 눈동자는 두려움과 공포로 물들었다. 이미 그랬지만, 이젠 사후에 관한 것까지 추가되니 작은 눈동자에 담기에는 너무 커졌다.

남자가 숨을 헐떡이며 말했다.

"마… 마하게다."

피월려는 검을 거뒀다.

"좋은 자세야. 몇 가지만 물어보면 되니까 조금만 참아. 첫째. 나를 추적하는 세력이 더 있나?"

그 남자는 눈을 질끈 감았다. 말하지 않겠다는 의지의 표현이었다.

금세 말을 바꾸다니.

피월려는 빙그레 웃으면서 삼통고를 펼쳤다.

푸슉.

피골을 파고 들어간 검은 사정없이 육신을 망가뜨렸다. 최고의 고통을 연속으로 선사하는 삼통고를, 정신이 피폐해질 대로 피폐해진 남자가 견딜 리 만무했다. 비명조차 지를 힘이 없는 그 남자는 소리 없는 신음을 입에 머금었다. 눈에 핏발이 섰고, 핏줄이 다다닥 돋아났다.

남자의 의지는 일각도 참지 못하고 무너졌다.

피월려가 부드럽게 물었다.

"추적자가 더 있어?"

"이, 이다."

"무당파?"

"그러다."

"그 외에는."

"다서 개의 주소무파가 하세하다."

"중소문파? 숫자와 수준은?"

"이배. 이류 이하."

"일류, 이류? 눈 깜박여 봐."

남자는 두 번 깜박였고 이는 이류를 말하는 것이다.

피월려는 빠르게 다음 질문을 던졌다.

"무당파는 몇 명이나 더 있지?"

"두."

"아하. 아까 마차에서 봤던 다섯이 끝이군."

"……."

"거리는?"

"모, 모라. 아. 아악!"

피월려는 검을 비틀면서 빼냈다. 그리고 다시 찔렀고, 다시 비틀며 빼냈다. 남자는 고함을 쳤지만, 피월려는 정해진 숫자가 끝나기까지 멈추지 않았다.

총 스물네 번을 반복한 피월려가 검신의 피를 남자의 옷으로 닦으면서 말했다.

"다음번은 스물다섯이야. 말해. 얼마나 쫓아온 거야?"

"저, 저마로 모……. 아악! 으아악!"

하나. 둘. 셋. 넷. 다섯. 여섯. 일곱. 여덟. 아홉. 열. 열하나. 열둘. 열셋. 열넷. 열다섯. 열여섯. 열일곱. 열여덟. 열아홉. 스물. 스물하나. 스……

털썩.

남자의 고개가 툭 하고 떨어졌다. 피월려는 손을 멈추고 그 남자의 목에 손을 가져갔다. 맥박은 뛰지 않았다. 기절한 것이 아니라 죽은 것이다.

"생각보다 정신 상태가 약하군."

피월려는 중얼거리며 남자의 목을 깨끗하게 베었다. 그리고 검을 심장에 박아 넣고는 일어섰다. 무당파의 검공에 맞춰진 그 검은 피월려가 사용하기에 너무 가볍고 유연했다.

피월려는 모닥불로 돌아왔다.

그곳에 그를 기다리는 사람은 아무도 없었다.

"역시나……."

피월려는 털썩 주저앉았다.

하루 종일 아무것도 먹지 못했고, 쉬지도 못했다. 내공으로 육신을 돌보기에는 양기가 들끓을까 염려가 되었다. 가부좌로 내력을 일주천만 한다면 피곤이 전부 가시겠지만, 그럴 수 없었다. 평소처럼 잠으로 해결해야 한다.

피월려는 불 옆에 누웠다.

그는 아는 경공이 없다. 어차피 도망가 봤자 몇 시진을 더 늦추는 효과밖에 기대할 수 없다. 그러니 그냥 휴식을 취해서 정면 돌파하는 것이 더 현명한 판단이다. 혈적현이 태극진인 두 명을 모두 처리했다고 가정하면, 결국 맞서야 하는 상대는 이백 명의 이류고수다. 운이 좋아 그중 반이 혈적현을 따라갔다면, 백 명의 이류고수가 된다. 한 번에 그들을 물리치는 것은 확실히 무리가 될 수 있지만, 추격전 속에서 오가는 크고 작은 소모전이라면 이백이 전부 와도 상대할 수 있다.

그러기 위해서 필요한 것은 지리를 파악하는 것. 지리를 이용하여 모든 전투를 최대한 소규모로 이끌고 간다면 필히 살아남을 수 있다. 어차피 물도 찾아야 하니 산 위로 올라가야 한다.

이는 상식과는 반대로 움직이는 것이다. 그렇기 때문에 오히려 상책이다.

피월려는 생각을 멈췄다. 산 위로 올라가는 것이 최상의 결정이라는 자신감이 있었다. 그는 정신을 비우고 잠을 청하기 위해서 눈을 감았다.

막 잠에 들 쯤이었다.

바스락.

누군가 땅을 밟는 소리다. 매우 가벼웠기에 피월려는 추적자가 아닌가 하는 생각이 들었다. 하지만 추적자의 발걸음치고는 은밀함과 거리가 너무나도 멀었다. 그것은 대놓고 자기의 위치를 드러내는 발걸음이었다. 가볍지만, 은밀하지 않은 발걸음.

피월려는 눈을 뜨지도 않고 물었다.

"진 소저시오?"

진설누는 추위에 몸을 떨면서 불가로 다가왔다.

"맞아요. 어떻게 아셨죠?"

"발소리가 들렸소. 떠난 줄 알았소만?"

"한밤의 추위가 발길을 멈추더군요."

"다시 돌아왔으니 이제는 되돌아……."

"알아요. 여기 있는 것이 무슨 뜻인지."

"……."

피월려는 점차 다가오는 온기에 눈을 떴다. 그곳에는 두려움과 결의가 반쯤 섞인 눈동자로 그를 응시하고 있는 진설누가 있었다. 진설린과 모습이 묘하게 겹쳐 보였지만, 정신을 괴롭히는 마성의 매력은 없었기에, 피월려는 보다 냉정하게 그녀를 마주 볼 수 있었다. 진설누는 몹시 추운지 몸을 오들오들 떨면서 피월려에게 가까이 걸어왔다. 그리고 곧 피월려의 품에 안겼다.

극양혈마공의 양기에 의해서 체온이 올라가 있는 피월려의 가슴에 진설누가 손을 살포시 대어보았다. 손이 델 것만 같은 뜨거움이 손끝에서 신경을 타고 묘한 쾌감을 불러일으켰다. 진설누는 순간 치민 욕심을 이기지 못하고 피월려의 피부에 몸을 바싹 가져다 댔다.

뜨겁다.

반각도 지나지 않아, 홀로 숲속을 걸을 때 빼앗긴 체온을 모조리 되찾은 것 같았다. 피월려는 아무런 행동도 하지 않고 진설누의 눈을 지그시 바라만 보았다.

더 이상 추위를 느낄 수 없던 진설누가 말했다.

"결국 넘어야 할 산이라면, 지금 그냥 넘겠어요."

"정말이시오? 당장은 필요하지 않소만."

"마음 바뀌기 전에 부탁해요."

"……"

"그 대신 한 가지 조건이 있어요."

"무엇이오?"

진설누는 대답하지 않고 피월려의 몸을 살짝 밀었다. 그러자 피월려의 몸은 차가운 땅바닥에 눕게 되었다. 진설누는 그 위로 올라가 엎어졌다. 그녀의 얼굴이 피월려의 얼굴에 닿을락말락했다.

"내가 하라는 대로만 해요."

"무슨 뜻이오?"

"지금 여기서 나는 당하는 게 아니에요. 나는 내 생명을 유지하기 위해서 내 몸을 파는 거고, 그것은 내가 결정을 내린 일이지 당신이 강요했기 때문이 아니에요. 내게 있는 유일한 생존 방법이기 때문에 스스로 마음먹은 거예요. 이건 내 선택이고 내 결정이고 내 책임이에요. 절대로 당신에게 전가하지 않겠어요. 절대로 당신을 탓하지 않겠어요."

"……."

"그러니 내가 주도하겠어요. 내가 시키는 대로 해요."

피월려는 묵묵히 진설누의 눈을 마주 보았다. 그곳에는 반쯤 남았던 두려움이 모조리 사라졌고 오로지 강한 결의만이 보였다. 무림인이 생사혈전에 임하기 직전의 결의와 비견해도 손색이 없는 수준의 것이었다.

피월려는 경의를 표하지 않을 수 없었다.

"알겠소. 진 소저의 뜻대로 하겠소."

진설누는 옷을 벗기 시작했다. 피월려가 준 상의도, 넝마가 된 원래 옷도 벗어 던졌다. 완전한 나체가 된 그녀는 차가운

밤공기를 온몸으로 흡수하듯 깊은 숨을 들이마셨다. 그러고 는 확 웅크려 피월려의 몸에 바싹 붙었다.

"두 손을 줘요."

피월려는 순순히 손을 내주었다. 진설누는 그 두 손을 한 손으로 붙잡고 그의 머리 위로 올렸다. 그리고 다른 손으로 피월려의 양 볼을 잡았다.

"혀 내밀어요."

피월려가 혀를 내밀자, 진설누는 귓가를 그 혀에 가져갔다.

"씻겨요."

"……."

"씻기라고요."

피월려는 부드럽게 핥았다. 그는 지금까지 잠자리한 모든 여인들을 애무하던 것보다 더 부드럽고 더 조심스러웠다.

진설누는 깨지기 직전의 항아리다. 그 안에 물을 담으려면 조심, 또 조심해야 한다.

"계속 그렇게 해줘요."

진설누는 천천히 몸을 위로 올렸다. 그러자 자연스럽게 피 월려의 혀끝이 닿는 부분이 진설누의 몸을 타고 내려가기 시 작했다. 귀를 시작으로 목, 가슴, 배, 배꼽, 그리고 그 아래까 지.

피월려는 그 부분들이 진설누가 강간을 당할 뻔했던 순간 남자가 손으로 무참히 만졌던 곳이라는 것을 깨달았다.

애무는 오랜 시간 반복되었다.

"흑. 흐윽."

결국 진설누가 참지 못하고 신음 소리를 내었다. 그것이 슬픔 때문인지 아니면 애무 때문인지 피월려는 알 길이 없었다.

피월려는 양팔을 벌렸다. 그리고 진설누를 확 잡아 끌어안았다. 진설누는 아무런 저항도 하지 않고, 피월려의 품에 안겼다.

진설누의 눈은 눈물로 범벅이었다.

하지만 눈빛에는 변함이 없었다.

결의…… 아니, 이제는 결의를 넘어서 투지(鬪志)로 보인다.

그것을 본 피월려는 마음을 먹었다.

"이제 시작하겠소. 몸속에 차오르는 양기는 따스함을 동반하오. 그것에 저항하지 말고 그대로 놔두시오. 그러면 나머지는 내가 알아서 하겠소."

진설누는 입술을 피가 나도록 깨물었다. 선혈이 흘러나와 뚝뚝 떨어지는데도 고통조차 모르는 듯했다.

그녀가 고개를 끄덕이며 말했다.

"좋아요. 시작하세요."

"통증이 있을 것이오. 참으시오."

"이미 각오했어요."

"…알겠소."

피월려는 진설누에게서 시선을 돌렸다.

음양합일이 시작되고 그것이 끝나기까지 한 시진가량 동안, 피월려는 단 한 번도 진설누의 눈을 쳐다볼 수 없었다.

제사십칠장(第四十七章)

인시에서 묘시로 넘어가려는 시각. 피월려와 진설누는 하늘을 올려다보며 대자로 누워 있었다. 천음지체가 아닌 보통의 여체를 가진 진설누는 한 번에 감당할 수 있는 양기의 양이 적었기에, 극양혈마공을 안정시키기 위해서 매우 오랜 시간 동안 음양합일을 해야 했다. 정상적인 성교라면 둘 다 탈진하고도 남았겠지만, 기의 운용을 통한 음양합일이었기 때문에 기운이 쇄함은커녕 오히려 힘이 넘치고 있었다. 하지만 오가는 쾌락 사이에서 기의 운용에 집중해야 했기 때문에 정신적인 탈진은 필연적일 수밖에 없었다.

밤하늘을 쳐다보는 피월려와 진설누의 눈빛은 멍했다. 피월려는 피월려대로, 진설누는 진설누대로 정신적인 곤함이 극도로 달했기 때문이다. 그들은 그렇게 반 시진이 지나도록 자리에서 일어나지 못하고 생각을 정리해야 했다.

고요한 가운데 피월려가 몸을 일으켰다. 정신을 모두 추스른 그가 처음 생각한 것은 더 이상 모닥불이 필요하지 않다는 것이다. 진설누의 몸은 양기의 공급으로 인해서 일시적으로 한기가 침범할 수 없는 몸이 되었다. 피월려는 주변에 흙을 모아 모닥불을 껐고, 그 흔적을 최대한 지우기 시작했다.

그런 그를 고개를 살포시 들고 쳐다보던 진설누가 조용한 목소리로 말했다.

"언니에게 미안하지 않아요?"

진설누와 진설린은 자매 관계다. 진설누가 그런 말을 하는 것은 전혀 이상할 것이 없었다. 하지만 피월려는 오히려 그 질문이 이상하다는 듯 고개를 흔들었다.

"나와 린 매는 연인 관계가 아니오. 우리 사이에 있는 것은 이해득실이지 사랑이 아니오."

"린 매라고 부르잖아요?"

"편의상 그런 것이오. 그녀는 천음지체의 몸이기 때문에, 나는 극양혈마공을 익혔기 때문에, 서로 필요에 의해서 음양합일을 하는 사이이오. 그 이상도 그 이하도 아니오."

진설누가 피월려를 빤히 보다가 툭 내뱉듯 중얼거렸다.

"그래도 당신은 어리석지 않군요."

"무슨 뜻이오?"

"친자매이기 때문에……. 그리고 난 알았어요. 언니에게는 인정(人情)이라는 것이 전혀 없다는 것을요. 언니와 아무것도 공감할 수 없었죠. 한마디로 표현하면 언니는 순수하게 악(惡)해요. 너무 순수해서 악으로 보이지 않을 수도 있지만요."

피월려는 잠시 진설린을 회상했다.

"무슨 뜻인지… 알겠소."

진설누가 말을 이었다.

"그런 언니에게는 항상 남자들이 있었죠. 제 주변에도 없던 것은 아니지만, 방 안에만 틀어박혀 사는 언니의 용모를 한 번이라도 본 남자라면 너 나 할 것 없이 언니의 추종자가 돼버렸어요. 나와 비슷하게 생겼지만, 나와 너무 다른 언니를……. 나는 무서워했죠. 내겐 보였거든요. 언니의 참모습이."

"……."

"언니에게 홀린 남자들은 언니를 위해서 무엇이든 하는 광신도가 되었어요. 언니의 순수한 장난 때문에 죽은 남자들이 얼마나 많은 줄 알아요? 한 번은 병을 치료하기 위해서 필요한 희귀 약초를 따달라고 다섯 사내에게 부탁했어요. 찾아온 사람과 혼인하겠다고 하니, 그들은 그것을 찾기 전까지 절대로 돌아오지 않겠다고 맹세하곤 떠났죠. 삼 년쯤 지났나, 언니에게 물어보니 장난이라고 하더라고요. 아마 아직도 그들은 장백산에서 그 약초를 찾고 있을 거예요. 열한 살 때 이야기예요."

"생각했던 것보다 더 심하군."

"다행히 나이가 먹고 나서는 더 이상 그런 장난을 치지 않았지만, 그 순수함이 얼마나 무서운 것인지 나는 알아요. 그리고 그 순수함이 절대로 언니에게서 떠나지 않을 것이란 것도. 언니는 절대로 누굴 사랑하지 않아요. 아니, 사랑할 수 없죠. 남자 중에 그것을 깨달은 사람은 아버지를 제외하고 당신이 처음이라 확신해요. 대단하시군요."

"심공 덕택이오. 내 힘이 아니라……. 하여간 린 매에 대해서 좀 더 묻고 싶은데 대답해 주겠소?"

"얼마든지 물어보세요."

"린 매가 혹 천살성이오?"

"천살성이라 함은……. 극악무도한 살인마를 뜻하는 그 천살성을 말하시나요? 언니에게 살성(殺性)이 있진 않았어요."

"천살성이 무조건 살인마를 뜻하는 것은 아니오. 살인을 즐긴다기보다는 살인을 해도 아무런 감정을 느끼지 못하는 사람들을 뜻하오."

진설누는 잠시 아미를 찌푸리며 고민했지만, 곧 고개를 도리도리 저었다.

"아니에요. 언니가 천살성일 리 없어요."

"그렇소?"

"그런데, 그건 왜 물으시죠? 설마 언니가 누굴 죽였나요?"

피월려는 순간 말을 하지 못했다.

"아버지를 죽였잖소? 직접 말이오?"

"에? 직접?"

진설누는 극도로 놀란 표정을 지었다. 피월려는 의문이 들어 물었다.

"몰랐소?"

진설누는 불안한 듯 손가락을 들어 입술을 쓸었다.

"설마 아버지를 직접 죽였을 거라고는……. 정말인가요?"

"직접 황룡검주의 단전을 손가락으로 후벼 팠소. 그것이 치명상을 불러왔고."

"……."

진설누는 입술을 다부지게 다물고 골똘히 생각에 잠긴 듯 싶었다. 피월려는 그 모습을 보며 묻지 않을 수 없었다.

"반응이 색다르오. 언니가 아버지를 시해했다는 사실을 듣고도 말이오."

진설누는 잠시 속내를 들켰다는 듯, 입을 살짝 벌렸다. 그러고는 민망한지, 시선을 돌리며 말했다.

"아버지에게 설혼 오라버니를 제외한 모든 자식은 도구에 지나지 않았어요. 제가 진정으로 아버지라 생각하는 분은 따로 있죠. 그렇다고 아버지를 미워하진 않아요. 그냥 너무도 먼 사람이라 별 감정이 없을 뿐이에요. 다만, 언니가 직접 손을 썼다는 점은 뜻밖이군요. 언니는 아버지를 증오했나요?"

"가족사에 대해서 내게 말한 적이 극히 드무오. 아직도 왜 린 매가 황룡무가를 배신하고 아버지를 직접 시해했는지 이해할 수 없소. 패륜은 어떠한 상황에서도 이해되기 어렵지."

"엄밀히 말하면 패륜은 아니지요."

"무슨 뜻이오?"

"나와 언니는 진파진의 소생이 아니에요. 말했잖아요. 진정으로 아버지로 생각하는 분은 따로 있다고."

피월려는 뜻밖의 사실에 경악하지 않을 수 없었다.

"설마 친부가 아니라는 뜻이오?"

"저와 언니의 친부는 숙부인 진파굉이세요."

"……"

진파굉. 그는 입신에 오른 고수이자 전 황룡검주였던 진파진의 동생으로 지금 현재 황룡검주의 자리에 있어, 천마신교에 협조하는 입장이었다.

피월려는 이 놀라운 사실에 입을 딱 벌렸다.

대전에서 진설린과 진파굉의 서로를 향한 그 묘한 눈길.

그 눈길의 진실은 바로 그들이 부녀지간이었기 때문이다.

진설누는 피월려의 표정에 아랑곳하지 않으며 말을 이었다.

"아버지는 황룡무가와 무공 이 둘밖에 모르고 살았어요. 설혼 오라버니만 자식으로 생각한 이유도 황룡무가의 대를 이을 소가주이기 때문이었죠. 설혼 오라버니가 태어나고 아버지의 관심이 완전히 끊긴 어머니는 외로우셨을 거예요. 아직도 어머니를 완전히 용서한 건 아니지만, 여자로서 이해는 해요."

"외도를 했다는 낭설이 사실이었군."

"쉬쉬하면서도 모르는 사람이 없죠. 가장 웃긴 건 아버지예요. 아버지는 어머니가 외도를 하든 말든 신경도 쓰지 않았죠. 다른 남자와 자든 말든 그 남자의 자식을 낳든 말든. 그런데 일이 터지고야 말았어요. 설혼 오라버니조차 아버지의 자식이 아니라는 의혹이 생긴 것이죠. 설혼 오라버니는 어머니가 처음 시집왔을 당시 일 년 만에 낳은 자식이라 전혀 의심을 하지 않았었는데, 아버지는 결국 오라버니를 죽음까지 몰았어요."

아들을 죽음으로 몰았다? 피월려는 순간 눈을 가늘게 떴다.

"잠시, 설혼이라는 사람이 혹 금룡이오?"

"예, 맞아요. 아시나요?"

"알고 있었소. 단지 본명을 몰랐을 뿐. 계속해 주시오."

"계속할 것도 없어요. 그다음은 천마신교의 마인이신 당신이 더 잘 알겠죠. 아버지는 당신들의 손에 의해서…… 아니, 언니의 손에 의해서 죽음을 당하고 가세는 완전히 기울어 천마신교의 손아귀에 들어갔으니까요."

"……"

"걱정 말아요. 나는 딱히 천마신교를 원망하진 않아요. 천음지체라는 희소성도 없고 미모로도 뒤처진 저는 황룡무가에서 내놓은 딸이었으니까요. 항상 없는 사람 취급당했죠. 차라리 천마신교의 위세 때문에 가족끼리 단합하게 된 지금의 황룡무가가 더 좋을 때도 많아요."

"정말이시오? 가문이 봉문까지 되었는데?"

"네. 진심이에요. 황룡무가 따위 어떻게 되든 나와는 상관없어요."

냉정하다면 냉정하지만 피월려는 그녀의 마음이 이해됐다. 그가 어릴 적 어머니가 일하던 기방에서 살 때에, 그의 친구들은 부잣집 서자들이 꽤 있었다. 그들은 부모에게 버림받은 상처로 인해 자기 가문을 향한 분노로 가득 차 있거나, 아니면 완전한 무관심하든가, 둘 중 하나였다. 진설누는 후자인 것이다.

그때, 진설누가 중얼거렸다.

"그런데……. 언니가 직접 손을 썼다는 건 정말로 믿기 힘들군요. 절대로 그럴 사람이 아닌데."

피월려는 진설누가 진설린에게 표출했던 혐오감을 봤었다.

그 혐오는 자기는 도도한 척 뒤에서 수작을 부리는 위선자를 향한 혐오감이다. 그러니 진설린이 직접 자기의 손을 더럽혔다는 사실을 받아들이기 힘든 것이다.

침묵의 시간이 흘렀다.

피월려는 하늘을 보았다. 나무에 가려진 탓에 별빛이 잘 보이지 않아, 정확한 시간을 알기 어려웠다.

"몸 상태는 어떠시오?"

"글쎄요. 잠을 자고 난 것처럼 개운하기는 한데, 뭔가 피곤한 것 같기도 하고. 이상한 기분이에요."

"걸을 수는 있으시오?"

"걷는 건 문제가 없는 것… 같진 않아요."

그녀는 몸을 일으키다가 다리에 힘이 전혀 들어가지 않는다는 것을 깨닫고는 배시시 웃었다. 그 순간만큼은 진설린과 너무나도 똑같아, 피월려는 멍하니 바라보고 말았다.

"왜 그러시죠?"

"아, 아니오. 일단 움직여야 할 것 같은데. 외투로 등을 덮으시오. 내가 업겠소."

"알겠어요."

피월려는 진설누를 등에 업고는 걸음을 걷기 시작했다. 안정을 되찾은 극양혈마공의 양기를 끌어다 쓰니, 진설누가 등에 있는지도 모를 만큼 쉽게 걸음을 옮길 수 있었다. 그 빠른 속도에 오히려 등에 업힌 진설누가 놀랄 지경이었다.

진설누가 물었다.

"어디로 이리 급히 향하는 것이죠? 목적지가 있나요?"

"산 위로 갈 것이오. 아마 음식은 몰라도 물로 목은 축여야 하오."

"산 위로요? 결국 내려가야 할 텐데, 추적자들이 위로 몰리지 않을까요?"

교육을 받은 여자라 확실히 달랐다.

피월려가 설명했다.

"정면으로 돌파할 계획이오. 그러기 위해서는 지리를 파악해야 하고 충분한 휴식을 취해야만 하오."

"정면 돌파라면 추적자들을 모두 상대하겠다는 건가요? 무당파 고수 세 명도 기습이 아니었다면 힘들었을 것이라고 당신이 말했잖아요?"

"아마 무당파 고수는 더 이상 없을 것이오. 그저 중소문파의 이류고수 백여 명뿐이오."

"세상에……. 설마 백 명을 홀로 상대하겠다는 뜻은 아니죠?"

"맞소."

"그것은 불가능해요."

"나는 절정급에 이른 무인이오. 이류고수와의 싸움은 체력만 받쳐준다면 숫자는 문제가 되지 않소."

"저희 아버지도 그런 생각으로 천 명과 싸우시고 돌아가셨죠."

"……"

피월려는 머리를 한 대 얻어맞은 듯한 기분이 들었다.

진설누의 말은 정확하다. 이류고수 백여 명을 소규모로 각개격파하면 간단하겠지만, 세상일이 어찌 생각대로 흘러간 법이 있던가? 추격하는 그들도 피월려가 절정급이라는 사실은 충분히 알 텐데, 아무런 계획도 없이 의도대로 따라올 것이라는 생각은 너무 안이했다.

진파진의 일을 잊어서는 안 된다.

자만하지 말자.

피월려는 진설누에게 묻고 싶어졌다.

"혹 더 좋은 생각이 있으시오?"

진설누가 말했다.

"여기서 북동쪽으로 올라가면 제가 아는 문파가 있어요. 그 문파에 도움을 청하면 반드시 우리를 도와줄 거예요."

"이런 산속에 있는 문파라면 잘 알려지지 않은 곳 아니오?"

"그 문파의 고수들을 본 사람들은 많죠. 하지만 제대로 된 이름을 아는 사람은 극히 소수예요."

"무슨 문파이오?"

"거기 도착할 때까지 말할 수 없어요. 그들은 자기들의 정보가 새나가는 것에 굉장히 민감해요. 하지만 하나는 확실해요. 그곳에 도착하기만 한다면 중소문파의 세력쯤이야 간단히 물리칠 수 있어요."

"우리에게 우호적이겠소?"

"제가 친분이 있어요. 걱정하지 마세요."

피월려는 선뜻 믿기 힘들었지만, 진설누의 목소리에는 확신이 담겨 있었다. 그가 말했다.

"한 가지만 대답해 주면 내 소저를 믿고 소저의 말에 따르겠소."

"무엇이죠?"

"왜 지금까지 한 번도 그 문파에 대해서 말하지 않으셨소? 어젯밤 나와 함께하는 것이 아니라, 홀로 그 문파에 들어가면 되는 일 아니오?"

"그것은……. 말할 수 없어요."

"말하지 않으면 신용할 수 없소."

진설누는 잠시 갈팡질팡했다. 그러나 곧 사실을 말했다.

"그 문파에 들어가기 위해서는 조건이 있어요. 여인이 품기 힘든 결의가 필요하죠. 전 어젯밤에 그것을 얻었어요. 그래서 이젠 그 문파에 들어가는 것이 두렵지 않아요. 그들이 줄 시련도 이젠 견딜 수 있을 것 같아요."

"……."

피월려는 그녀의 말을 이해할 수 없었다. 문파에 도착하지 않는 한, 아마 그녀의 말을 이해할 수는 없을 것이다.

피월려는 그녀를 믿기로 마음먹었다.

"북동쪽이라 했소?"

"네. 언사의 북쪽에 위치해 있어요."

"황해와 가깝소?"

"아니요. 언사 쪽으로 더 가까워요. 깊은 숲을 타고 가시면 쉽게 찾을 수 있어요. 그 문파는 주변 영역을 항상 감시하고 있으니 우리가 침입하면 즉시 사람을 보낼 거예요."

"자초지종을 설명하기 전에 칼부림부터 나지 않았으면 하오만."

"그건 안고 가야 할 문제예요."

"알았소. 내 그쪽으로 움직이겠소."

피월려는 노목들이 듬성듬성한 그 깊은 숲에서 빠른 걸음으로 북동쪽으로 향했다. 햇빛에 민감한 극양혈마공의 영향을 역으로 이용하여 햇빛이 조금이라도 강해지면 다시 어두운 쪽을 찾아 걸어가니, 한 번도 숲 밖으로 나오지 않고 행보를 이어갈 수 있었다.

"얼마나 걸릴까요?"

진설누가 초조한 듯 속삭였다. 피월려는 걸음을 멈추지 않으며 대답했다.

"아마도 오늘 저녁에는 도착할 것이오. 중간에 별일이 없으면 말이오."

"빠르군요."

"극양혈마공 덕택이오. 음양합일을 하겠다는 소저의 결심이 없었으면 불가능했을 것이오. 그 결심이 우리 둘을 모두 살렸소."

"……."

그들은 해가 지는 시각까지 적을 만나지 않았다. 극양혈마공으로 힘을 얻은 피월려는 전혀 지친 기색이 없었지만, 여섯 시진이 넘어가는 시간 동안 등에 업혀 있던 진설누는 온몸이 쑤시지 않는 곳이 없어 죽을 맛이었다. 하지만 그녀는 전혀 내색하지 않았다. 앞으로 있을 고통을 생각하면 이 정도는 아무것도 아니라고 스스로를 다독였다. 하지만 고통이 마음대로 될 리가 없다. 그래서인지 피월려가 갑자기 멈춰 섰을 때, 진설누는 작은 비명을 지르지 않을 수 없었다.

"아앗."

통증에 정신이 번쩍 든 진설누는 원망 어린 눈초리로 피월

려의 뒤통수를 째려봤다. 피월려가 귀신이 아니고서야 반응할
리 만무할 터, 진설누는 속으로 감정을 삭일 수밖에 없었다.
하지만 갑자기 이상한 생각이 들었다. 피월려는 지금까지 단
한 번도 걸음을 멈춘 적이 없다.

"무슨 일이죠?"

피월려가 주변을 신중히 살피며 말했다.

"적이 온 것 같소. 해가 지자마자라니. 다분히 계획적이군."

"그렇다면 이미 포위가 됐다는 말인가요?"

"그렇소. 내가 느낄 수 없게 넓은 범위에서 죄어온 것 같소.
그런데 심상치 않은 것은, 해가 지자마자 내가 이 포위를 알
수 있었다는 점이오. 그 뜻은 상대가 내 역량을 정확히 알고
그에 맞추어 포위진을 짰다는 말이오."

"위험한가요?"

"저쪽에 뛰어난 군사가 있다는 뜻이니. 정면 돌파 하려 했
다면 큰일이 났을 수도 있었겠소."

"거리는 얼마나 남았죠?"

"글쎄, 그건 내가 물어봐야 하는 것 아니오?"

"황해까지는 얼마나 남았는데요?"

"아마 한 시진 정도 더 걸리지 않을까 하오."

"그러면 반 시진이에요. 그 문파에 방문할 때는 황해에서
내려와서 남쪽으로 향하는데, 산길로 반 시진을 걸었어요."

"반 시진이라. 길군. 그동안 소저를 온전히 보호할 수 있다는 보장이 없소."

"알아요. 그래도 약조하신 대로 최선을 다해주시기 바랄게요."

"……."

묘한 압박을 넣는 것도 진설린을 닮았다. 피월려는 진파진의 일을 기억하고는 외투를 풀어 진설누를 등 뒤에 강하게 매었다. 그러자 진설누가 비명을 질렀다.

"아앗. 숨도 못 쉬겠어요."

피월려는 진설누를 지그시 바라보았다. 진설누가 의아한 듯 피월려를 마주 보자 머리를 긁적이며 말했다.

"내 최근에 혈도 공부를 좀 해서, 수혈은 짚을 줄 아오."

수혈은 혈 중에서 외부 내기가 침범해 오면 강제로 사람을 숙면에 들게 만드는 혈이다. 진설누는 아미를 찌푸렸다.

"싫어요."

"싸우면서 귓전으로 비명 소리를 듣고 싶지 않소."

"여기서 죽을지도 몰라요. 어떻게 죽는지도 모르고 죽고 싶지 않아요."

"약조하겠소. 소저는 오늘 죽지 않을 것이오."

"흥. 전혀 믿음이 안 가요."

"잠깐 잠을 청하고 있으시오. 일어나면 모든 것이 끝나 있을 테니."

진설누는 고민했지만, 뚫어지도록 바라보는 피월려의 눈빛을 이기지는 못했다.

"좋아요. 딱 반 시진이에요."

"그 정도까지 세밀하게 혈도를 짚지는 못하오. 적어도 반 시진 이상은 잠에서 깨어나지 않게 할 것이오."

"알았어요. 일어났을 때 저승이면 지독히 원망할 거예요."

"죽지 않을 것이오."

"⋯⋯."

"약조하오."

"알았어요. 수혈을 짚으세요."

피월려는 진설누의 뒷목에 위치한 옥침혈(玉枕穴)에 오른손을 가져갔다. 그러고는 왼손으로 그녀의 두상을 면밀히 살폈는데, 그 손길이 머리를 툭툭 치는 것 같아 기분 나빠진 진설누가 투덜거렸다.

"무슨 점혈이 이렇게 오래 걸리죠?"

피월려는 집중을 흐리지 않으며 대답했다.

"나는 점혈을 배운 지 삼 개월밖에 되지 않소. 옥침혈을 정확하게 찾지 못하면 치명상을 입을 수 있으니 잠시 기다리시오."

"황룡무가의 무인들은 전투 중에도 상대방의 혈을 정확히 노리던데, 어찌 천마신교의 마인께서 그거 하나 못하죠?"

"안 배웠으니까."

"……."

"다 되었소. 그럼 잠시 주무시오."

진설누가 대답하기 전에 피월려가 먼저 내기를 불어넣었다. 그러자 진설누의 육체는 한순간 힘을 잃어버린 듯 스르륵 옆으로 쓰러졌다. 그 몸을 얼른 받은 피월려는 그녀의 앞으로 가서 외투를 묶어 등 뒤에 업고 단단히 고정했다.

거친 움직임을 몇 번이나 반복하며 완전히 시험을 끝낸 피월려는 기지개를 켜며 극양혈마공을 끌어 올렸다.

그리고 의연한 자세를 취하며 외쳤다.

"거기 있는 거 다 안다! 나와라!"

피월려의 말이 끝나기 무섭게 한 무리의 사람들이 틈틈이 있는 노목의 뒤에서 모습을 드러냈다. 듬성듬성 있는 노목들 뒤로 그 많은 인원이 언제 숨어들었는지, 총 백이 넘어가는 숫자였다. 그들에 의해서 균열하게 만들어진 포위망. 북쪽만 제외한다면 정말이지 완벽하다 싶을 정도의 포위망이었다.

그런데 그때, 한쪽에서 유독 눈에 띄는 사람이 걸어 나왔다. 온갖 병장기로 무장한 사내들과 다르게, 하늘하늘한 옷과 허리까지 오는 긴 생머리, 그리고 화사한 화장으로 치장한 아름다운 여인이었다. 얼굴만 놓고 보면 귀여운 소녀상이었지만,

늘씬한 몸매가 시원시원한 느낌을 주는 십 대 후반의 처녀였다.

그 여인이 가장 앞에 나와 피월려에게 말했다.

"피월려? 등 뒤는 진설린이겠고."

아무리 많게 봐도 묘령인 여인이 대뜸 반말을 하자 피월려의 입가에 실소가 자리 잡았다. 그런데 어쩐지 낯이 익다.

피월려가 말했다.

"누구지? 어디서 본 것 같은데?"

그 여자는 쾌활한 목소리로 말했다.

"낙양 객잔. 넌 무영비주랑 같이 있지 않았어?"

"아……. 기억나는군. 그 애송이 여섯 명 중 하나였나? 이름이 뭐지?"

"제갈미."

"흐음. 모르겠군."

"왜? 구룡사봉 중 명봉(明鳳)이면 꽤 이름 있는 건데. 넌 별호도 없잖아."

"내가 제갈세가에 속해 있었으면 십룡이 됐겠지."

제갈미는 고개를 도리도리 돌렸다. 그러나 돌리는 와중에도 피월려에게 시선을 고정하고 있으니 이상하게 섬뜩한 느낌이 났다.

"포화야. 나랑 구 오라버니까지 해서 두 명이나 이미 속해 있는데, 세 명까지 껴주겠어? 한 집안에서 두 명이나 구룡사봉이 된 곳은 제갈세가밖에 없다고. 세 명은 절대 허락 안 할걸?"

"구 오라버니라는 녀석이 못 올라갔겠지. 무공으로 치면 나를 이기진 못할 테니까."

"어차피 나하고 구 오라버니는 무공으로 구룡사봉에 들어간 게 아니야."

"그럼 뭐지?"

"미모."

"잘났군그래?"

"뭐, 똑똑한 머리도 조금 쳐주긴 하지만 말이야."

독특한 여인이다.

톡톡 쏘는 듯한 말투와 시원한 성격, 그리고 이상한 백치미에서 남다른 매력이 물씬 풍겼다. 또한 피월려로 하여금 지금이 전투 상황이라는 것을 잊어버리게 할 만큼 대단한 친화력을 가지고 있기도 했다.

피월려가 말했다.

"확실히……. 좋은 포위진이다. 십 대 후반의 소녀가 짜낸 전략이라고는 믿을 수 없었을 거다."

"우리 집에서 내가 젤 똑똑하거든. 아버지도 내 지력을 두려워할 정도니 말 다했지. 내가 여자여서 누구도 인정하지 않지만 말이야, 그건 엄연히 사실이라고. 초절정도 아니고 겨우 절정에 이른 너 같은 놈 하나 잡는 거에 나를 투입하는 거봐. 얼마나 웃겨. 나를 배척하는 거지."

"……."

"내가 남자로 태어났으면 이미 아버지를 내쫓고 가주가 되었을 텐데. 하아……. 여자라서 세력이 안 모이는 거 있지? 짜증 나서 관뒀어."

"아버지라면……. 혹 능수지통(能手知通)인가?"

"응."

현 제갈세가 능수지통 제갈토는 당금 백도무림의 군사이며 천마신교의 극악마뇌 사무조 장로도 칭찬한 인물이다. 그런데 그런 그보다 자기가 더 지혜롭다고 말하는 딸을 보니 자식 농사는 잘못 지은 것 같다.

피월려는 웃었다.

"그 말이 새나가면 파문당할 거야. 이렇게 사람이 많은 곳에서 그런 말을 하다니, 전혀 지혜롭게 보이지는 않는데."

"에이, 설마 내가 백여 명이 다 들으라고 이런 소리를 하겠어. 걱정 마. 진법을 펼쳐서 우리가 하는 대화 소리는 밖에 새나가지 않으니까."

"진법?"

"몰랐어? 제갈세가의 인물들은 모두 기문둔갑의 달인이야.

무공은 약하지만 이건 끝내준다니까."

제갈미는 그렇게 말하면서 자기의 머리를 툭툭 건드렸다. 그러면서 이를 드러내며 웃었는데, 왼쪽에 툭 튀어나온 덧니가 인상적이었다.

피월려가 말했다.

"아니, 그렇다 하더라도 여전히 네가 지혜롭다고 생각할 수는 없다."

제갈미는 눈을 차갑게 치켜뜨며 되물었다.

"왜?"

"기습을 해야지. 대놓고 이렇게 나타나? 나중에라도 죽여달라는 꼴 아닌가. 그리고 정말로 어리석은 건……."

"응?"

"네 이름을 내게 알려주었다는 것이다."

피월려는 다리에 모은 극양혈마공의 마기를 폭발시키면서 금강부동신법을 극한으로 펼쳤다. 극양혈마공의 마기로 인해서 은밀함이 크게 줄었지만, 그만큼 상식을 초월하는 속도를 얻었다.

가히 신속에 가까운 속도로 가속한 피월려는 철검을 뽑아들어 제갈미의 몸을 두 동강으로 베었다. 하지만 검에 아무것도 걸리지 않아 허공만을 베게 되었다.

피월려는 놀라지 않았다. 그가 달려가는 사이 그를 바라보던 제갈미의 표정은 당황하는 사람의 것이 아니라 조롱하는 사람의 것이었기 때문이다. 즉, 이미 충분히 그의 기습을 예측한 것과 동시에 완전히 위협에서 벗어난 사람만이 가능한 것이었다.

아지랑이처럼 흔들거리던 제갈미의 모습이 곧 제자리를 찾았다.

"가문에서 기문둔갑은 두 번째로 최고지. 아쉽게도 그건 아버지를 따라잡지 못하겠더라고. 평생 읽은 서적의 양이 열 배 이상 차이 나니 아무리 오성이 뛰어나도 힘들어."

피월려는 극양혈마공으로 몸을 보호하며 제갈미에게 말했다.

"잔재주 한번 뛰어나군."

"실망이야. 혹도 출신인 네가 그런 말을 하다니."

처음으로 피월려의 얼굴이 어두워졌다.

"나에 대해서 얼마나 알고 있지?"

"위쪽에서 혈신동 하니까 꽤 알던데."

"그걸 알면 다 아는군."

"맞아. 네 과거의 행적은 이미 모두 밝혀졌어. 하지만 한 가지 확실하지 않은 게 있어."

"뭔데?"

"천마신교야, 호마궁이야?"

"……"

피월려는 순간적으로 눈빛과 표정, 숨소리 하나까지도 모두 통제했다. 하지만 그가 그렇게 하기 전에 이미 제갈미는 확신한다는 듯 고개를 느리게 끄덕였다. 피월려의 미세한 반응을 보고 이미 눈치챈 것이다.

"천마신교구나. 역시 내 예상이 맞았어. 아버지도 그렇고 다른 수뇌부도 그렇고 다들 너무 늙어서 그런지 머리가 안 돌아가나 봐. 아무리 천마신교라고 해도 안 믿어. 얼마나 아니라고 하냐면 듣던 나까지 헷갈릴 정도로 하잖아. 흑백대전이 무섭기는 무섭나 봐. 그 조짐조차 믿고 싶어 하지 않으시니……."

이제 와서 천마신교 소속이 아니라고 해도 안 믿을 게 뻔하다.

피월려는 잠시 침묵했다. 이 어린 소녀에게 놀아나는 것에 대한 회한이 가슴속 깊이 치밀었기 때문이었다. 그는 분노를 조절하며 극양혈마공을 극도로 끌어 올렸다. 그걸 본 제갈미가 눈을 동그랗게 뜨고 물었다.

"왜 그래? 흥분하고."

"이제 기습할 텐데, 준비해야지."

"난 기습한다고 한 적 없는걸."

"지금까지 이렇게 대화를 끌어낸 이유가 그걸 알아보고자

한 거 아닌가? 원하는 답을 얻었으니, 이제 날 죽일 차례일 텐데?"

제갈미는 방긋 웃으며 대답했다.

"괜찮은 추리야. 근데 틀렸어. 재밌는 오빠니, 한 번 더 기회를 줄게."

피월려는 잠시 고개를 숙여 고민했다.

왜 공격을 하지 않을까?

원하는 답을 얻었음에도 공격을 하지 않는다는 것은 다른 이유가 있다는 뜻.

그것이 무엇일까?

일단 공격을 하지 않으면 어떻게 되는가?

포위진을 형성했으니, 도주는 불가능하다.

하지만 뚫고 나가기에는 너무 위험이 크다.

즉, 싸우는 것이 목적이 아니라 포위 자체에 목적이 있다.

주변을 보면 무당파의 고수는 없다.

있다면 진작 싸움을 걸었을 그들이다.

사문의 형제들이 죽었는데, 가만히 있으라는 어린 소녀의 명령에 따를 리가 없다.

그러니 그들이 외치던 추살령은 이들의 목적이 아니다.

그들이 원하는 것은 이 자리에 가만히 있는 것.

그 이상도 이하도 아니다.

기다림.

누구를 기다리는 것인가?

그리고 왜 기다리는 것일까?

가장 뻔한 답은 아군.

아군의 증원을 기다리는 것이다.

피월려가 말했다.

"확신이 없나? 나를 이긴다는? 그래서 아군을 기다리는 건가?"

처음으로 제갈미의 표정이 굳었다. 그녀는 솔직히 말했다.

"맞아. 아군을 기다리는 거지."

피월려가 넌지시 물어봤다.

"무당파?"

"그 자존심만 센 머저리들이 내 말을 따르겠어?"

"확실히 아니지."

"그 정도밖에 예상 못하겠어?"

"아니, 하나 더. 태원이가 맞나?"

"……."

또 굳어졌다. 피월려는 엄지로 북쪽을 가리키며 말했다.

"북쪽으로 포위망이 조금 허술하다. 의도적인 거 같은데."

제갈미는 두어 번 이를 으드득 갈더니 이내 아무렇지도 않는 듯 물었다.

"티 났어?"

"아주 많이. 네가 말한 것처럼 네가 똑똑하다면 지금쯤 저 정도 빈틈은 메웠어야 하지."

"……"

"내가 북쪽으로 도망가길 원한다는 뜻은 북쪽에서 증원이 온다는 말이고, 이는 곧 북쪽에 세력이 있다는 말인데. 내가 최근에 원한을 진 백도세가 중 북쪽에 위치한 건 태원이가밖에 없다."

제갈미는 방긋 웃었다.

"오빠도 좀 똑똑하네! 오빠 천마신교 맞지?"

"그런데?"

"위치가 어느 정도야? 얼마나 위에 있어?"

"말단이야."

"절정고수인데?"

"본 교는 원래 그래."

"실망이네. 뭔가 논의하고 싶은 게 생겼는데 말이야. 마음에 들기도 하고. 그런데 위치도 없는 허접 잡배면 뭐 말할 가치가 없지."

"……"

"됐어. 원래대로 해야지. 낙양제일미는 순순히 넘겨줘. 어차 피 당신은 오늘 죽어."

이상하다.

이토록 똑똑한 여인이 왜 진설누를 진설린이라 착각하고 있을까? 제갈미는 진설누를 흘겨보았을 뿐, 애초에 자세히 볼 노력조차 안 했다. 아무런 의심조차 하지 않고 진설누가 진설린이라 믿고 있었다. 태양이 동쪽에서 뜨는 사실을 믿듯, 당연한 것을 믿는 것처럼 그것을 대화 주제로 삼지도 않았다.

이유는 그녀가 진설린일 수밖에 없다는 확실한 증거를 가지고 있기 때문일 것이다. 나지오가 얼마나 대단한 정보 교란을 했기에 이런 지혜로운 소녀의 머리까지도 속일 수 있었을까? 그도 아니면 어디선가 온 착오인가?

피월려는 생각을 뒤로 미뤘다. 당장은 눈앞에 놓인 문제부터 해결해야 한다.

"글쎄. 오늘 죽을 것 같지 않은데?"

"아니, 죽어. 확실히 죽을 수밖에 없어. 지금까지 난 실패한 적이 없거든. 꼼짝없이 죽게 될 거야. 그래, 죽어야만 해……."

확실히 그럴 만했다. 진설누가 말한 신비문파의 존재. 그것이 없다고 가정한다면, 지금 피월려는 눈앞이 캄캄했을 것이다. 바로 앞에 실제 같은 환영을 만들 수 있는 기문둔갑의 고수가 백여 명의 고수를 이끌고 진을 짰으며, 싸워주지도 않고 기다리기만 한다면 아군이 보충되는 상황. 이런 상황을 어떻게 돌파할 수 있었을까?

피월려는 말하지 않았다. 제갈미는 그런 그의 눈을 유심히 바라보며 말을 이었다.

"하지만, 당신 눈빛. 다른 걸 말해. 이런 절망적인 상황에서 절대로 가질 수 없는 눈빛이야. 희망이 가득하지. 진짜 자기가 살 수 있다고 믿어. 그런 눈빛……. 기대돼. 이래서 내가 실전을 좋아한다니까. 상 위에서 노는 시시한 놀이와는 차원이 달라."

"기대해도 좋다. 내가 보여주지."

"응. 그럴 거라고 믿어. 나도 보고 싶고. 만약에 여기서 살아나가면, 내가 논의하려고 했던 이야기를 해줄게. 여기서 살아가는 정도의 남자라면 분명히 천마신교에서도 곧 높은 자리를 차지하게 될 테니까."

"그건 모르겠군. 내가 권력욕이 없어서 말이지. 난 살아남기만 할 뿐이야."

"하앗! 낭인 출신이 어째 나보다 무림을 몰라?"

"뭐가?"

"무림은 살아남는 자가 승리하는 곳이야. 살아남기를 반복한다면 어느새 높은 자리에 올라가는 곳이 바로 무림이라고. 그리고 그 높은 자리에서 더욱더 큰 죽음의 위기를 느끼며 살게 되지. 그리고 또 살아남고 또 올라가고 또 죽음이 한층 가까워지고……. 또 살아남고 또 올라가고. 무림은 수라(修羅)야."

"……."

무림은 인세의 수라계다.

스승님의 말이 떠올랐다.

"뭘 그렇게 멍청하게 하고 있어? 침 떨어져."

피월려는 헛기침을 하며 입을 닫았다. 그러고는 곁눈질로 제갈미를 보게 되었는데, 이상하게 눈이 마주치자 자꾸 눈길을 돌리게 되었다.

피월려는 극양혈마공을 진정시켰다. 그러고는 발을 떼어 북쪽으로 향하기 시작했다. 그러자 종종걸음으로 제갈미가 따라왔다.

"북쪽으로 걷는 거야? 더욱 강한 적이 온다는 것을 알면서도?"

"그렇다."

"설마, 북쪽에서 중원세력이 오고 있다는 본인의 추리를 번복하는 건 아니겠지? 심계에서 졌다고 생각하면서 말이야. 그렇게 생각한다면 오산이야. 네 추리는 맞아. 지금 북쪽에서 태원이가의 세력이 오고 있어."

"안다. 그 추리가 잘못되었을 가능성도 있다는 허망한 희망에 북쪽으로 향하는 것이 아니다."

"그럼?"

"공격 안 할 거면 가만히 지켜보고나 있어."

"하앗? 걱정 마. 다른 방향으로 가려고만 하지 않으면 공격은 안 해."

솔직하다면 솔직하다. 적에게 이렇게 솔직해도 되는 건가 할 정도로 솔직하다.

하지만 왜 솔직한지 잘 아는 피월려는 그녀를 절대로 무시할 수 없었다.

모든 병법에는 최고의 수가 있다. 최고의 효율을 내는 수법. 하지만 최고이기 때문에 하나다. 그리고 하나이기 때문에 추측하기 쉽다.

제갈미가 피월려에게 자신의 병법을 모두 노출한 이유는 간단하다. 그녀는 어차피 절대 질 수 없는 최고의 수법으로 피월려를 상대하고 있다. 그것을 유추하는 것도 간단하기 때문에 피월려에게 모두 말하는 것이다. 차라리 진실을 말함으로써 그 반응을 보는 것이 더 유익했다.

적어도 피월려는 그렇게 생각했다. 하지만 그것만이 이유는 아니었다.

"아, 좋다."

뜬금없는 감탄사에 피월려가 고개를 돌려 물었다.

"뭐가?"

"말이 통하는 적을 만나서. 지금까지 만난 적들은 대화가 안 되는 녀석뿐이었거든. 내가 하는 한 마디, 한 마디를 전부 설명해 줘야 알아듣는 멍청이밖에 없었어. 그래도 생각이란 걸 하는 놈들을 몇몇 만나기는 했는데, 그놈들도 알아듣는 척만 할 뿐이었지."

피월려는 기가 막혀 물었다.

"재밌나? 이 상황이?"

"응. 재밌어. 짜릿하고. 정말로 기대돼. 어떻게 이 난관을 헤쳐 나갈지."

"어리긴 어리군."

"내 유일한 약점이지. 나도 알아. 그런데 뭐, 시간이 해결해 주겠지."

"아니. 시간조차 해결하지 못할 거 같다. 성격 문제는 십 대 후반이 되면 이미 고치긴 글렀지."

"캬하하! 재밌어, 역시."

제갈미는 배꼽을 잡고 웃었다. 그 모습에 긴장이 늦춰지는 것을 느낀 피월려는 화들짝 놀라며 다시 긴장의 끈을 놓치지 않았다.

비범한 머리를 제외하면 제갈미는 어린 소녀다.

그것도 쾌활한 성격을 가진 재밌는 아이다.

그녀는 자각하는지 모르겠지만, 그녀의 나이는 절대로 약점이 아니었다. 오히려 적으로 하여금 긴장감을 늦추게 만드는 장점이었다.

그들의 묘한 동행은 그렇게 계속되었다. 피월려가 북쪽으로 걷는 동안, 제갈미는 옆에서 재잘거리며 온갖 수다를 떨기 시작했다. 피월려가 듣든 말든 전혀 개의치 않고 떠들었는데, 피월려는 차라리 검으로 싸우고 싶다는 생각을 할 정도로 정신적인 피해를 입었다.

수다의 대부분은 남을 깔아 내리는 것으로 주변 사람을 하나하나 꼬집어가며 얼마나 어리석은지, 또 얼마나 멍청한지 자세하게 설명했다. 그 신랄한 비평은 가히 신의 경지로, 사람에서 사람으로 넘어갈 때마다 단 하나의 단어도 반복되지 않았다. 딱 한 번, 두 번째 사람과 열세 번째 사람을 둘 다 멍청이로 부른 것을 제외한다면, 그녀는 중원에 존재하는 모든 단어를 사용하며 사람들을 힐난했다. 모르는 단어도 종종 나왔지만, 그녀의 어투와 표정만으로 그 의미가 짐작되는 기적까지 일어났다.

그렇게 반 시진 정도가 흘렀다.

막 백여든세 번째 사람의 욕을 끝낸 제갈미가 갑자기 피월려의 앞으로 튀어나왔다. 피월려는 그녀의 갑작스러운 행동에 눈을 동그랗게 떴고, 제갈미는 그런 그를 보며 씨익 웃었다. 그러더니 손가락 하나를 내밀어 그의 얼굴에 들이밀면서 큰 소리로 말했다.

"안도감! 안도감! 안도감!"

"뭐야?"

"안도감 느끼는 거 봐봐. 더 이상은 안 되겠어."

"무슨 말을 하는 거지?"

"이 앞에 뭐 있지? 뭐가 있어도 크게 있는 게 분명해."

"……"

"맘에 들었지만, 내가 일을 실패할 수는 없잖아. 명색이 무패인데, 이거 나 유지하고 싶거든."

이미 진설누를 진설린으로 잘못 알고 있는 것에서부터 패배한 것이겠지만, 피월려는 그 속내를 들키지 않도록 최선을 다했다.

"오호라, 그래서?"

"공격하려고."

"확실한 승산이 없어서 공격을 안 한 거 아닌가? 그런데 왜 갑자기 그걸 번복하지?"

"글쎄, 맞춰봐."

지금의 묘한 대치 상황.

이것은 피월려와 제갈미 둘 다 싸워서 이긴다는 보장이 없었고 시간이 지나는 것이 자기에게 유리하다고 생각했기에 만들어진 결과였다. 피월려는 북쪽으로 가서 진설누가 말한 신비문파와 조우하는 것을, 제갈미는 북쪽에서 오는 태원이가의 증원 세력을 기다리는 것이다.

즉, 제갈미가 여기서 싸우기로 결정했다면 이유는 간단했다.

"태원이가가 곧 도착하는군."

"역시! 똑똑해! 맞아, 맞아. 당장 이길 자신은 없어. 하지만 만에 하나, 내 포위망이 뚫린다고 하더라도 그때쯤이면 태원이가의 사람들이 도착할 거란 확신이 생겨서 말이야. 네 한 수가 뭔지 모르는 이상, 먼저 손을 쓰겠어."

"과연. 현명한 판단이다."

"개인적으로 꼭 살아남았으면 좋겠어. 이건 진심이야."

그 말을 마지막으로 남긴 제갈미는 연기처럼 변하여 공중에서 사라졌다. 그것을 보니 진짜로 덤벼들 생각인 듯싶었다.

"그래도 기습은 안 하는군. 역시 어려. 은근히 정도 많고…… 무림은 참……. 알다가도 모를 곳이야. 저런 소녀도 있고."

그렇게 중얼거리는 피월려의 얼굴에는 미소가 피어올랐다. 하지만 피월려는 억지로 그것을 지워냈다. 이제는 제갈미는 완전히 적. 그의 생명을 취하려는 적일 뿐이다.

그 순간, 그의 생각을 뒷받침이라도 해주는 듯 두 명의 사내가 피월려의 뒤쪽으로 튀어나왔다. 피월려는 검을 크게 휘두르며 뒤로 베었다.

"으아!"

비명 소리가 들리자 피월려는 어이가 없었다. 베려고 휘두른 것이 아니라 뒤로 물러나라는 식으로 휘두른 것이기 때문이다. 상대방의 무공이 얼마나 조잡하면 단순한 견제를 위한 공격에 상처를 입을까? 그렇다면 심혈을 기울인 공격은 말할 필요가 없었다.

순간 번쩍이며 피월려의 검이 눈에 보이지 않을 정도로 빠르게 움직였다.

"크억!"

"컥!"

나란히 목이 두 동강 난 사내들은 그대로 땅바닥에 처박혔다. 둘 중 하나는 사타구니가 노란색으로 젖어들기 시작했다. 자기가 죽는다는 사실을 용케 깨달은 것이다.

"이류는커녕 삼류도 힘들겠군."

무림방파에 갓 소속되어 무공을 익히기 시작하면 이류라 부른다. 그보다도 못한 수준이 삼류로서, 기방을 전전하며 무공을 몇 개 주워 배운 파락호나, 범인이 스스로 검을 익혀 얻은 무력 수준을 말한다.

자세 하나 제대로 잡지 못하고 실전이라는 긴장감 때문에 검을 잡은 손이 부들부들 떨린다. 이런 자들은 백이 아니라 이백이 와도 절대 이기지 못한다.

피월려는 주변을 훑어보았다. 단 두 명을 베어 넘겼을 뿐인데, 적들의 사기가 극도로 감소해 있었다. 그중 대다수는 차가운 시신이 된 두 사내의 시체를 뚫어져라 보며 두려움을 만면에 드러내고 있었다. 그들이 정말로 봐야 할 것은 적인 피월려다. 그럼에도, 피월려를 보고 있는 사람은 그중 십분지 일도 되지 않았다.

시야에 살아 있는 적을 두지 않고, 죽은 아군을 두게 되면 절대로 싸울 수 없다. 군중심리의 노예가 되어 공포에 지배당한다.

피월려는 시선을 그에게로 고정하는 사람들의 얼굴을 최대한 빨리 파악했다. 두려움보다는 투지를 가지고 아직도 피월려에게 적의를 드러내는 자들. 모두 세니 총 여덟 명이었다.

피월려는 그 여덟 중 가장 가까운 자의 위치를 파악하고, 즉시 내달렸다. 그들을 모두 죽이면 이곳에는 싸울 의지를 잃어버린 자만 남게 된다. 그렇게 되면, 몇 번 잔인한 살인 행각을 보란 듯이 시연해 주기만 해도 알아서 도망갈 것이다. 제갈미가 말한 대로, 태원이가의 사람들이 도착하기 전에 서둘러 전투를 마무리하기 위해서는 그것이 최선이었다.

피월려는 극양혈마공을 극도로 끌어 올려 전신에서 마기를 내뿜었다. 내공이 약한 그들은 마기의 영향에서 자유로울 수 없기 때문이다. 그는 더욱더 공포심을 주기 위해서 마기를 담은 목소리로 괴성을 질렀다.

"크아아아아앙!"

거대한 짐승이 울부짖는 것 같았다. 피월려 본인도 소리를 내고 놀랐을 정도니 듣는 적들의 입장에서는 말 다한 셈이었다. 피월려가 달리는 길 사이사이에 있던 적들은 모두 뒷걸음질 치며 감히 피월려의 행보를 방해조차 하지 못했다. 투기를 내뿜던 그 사내조차 겁을 집어먹었는지, 몸을 부르르 떨고 있었다.

그의 앞에 도착한 피월려가 검을 크게 위에서 아래로 휘둘렀다. 그 남자는 잔뜩 긴장한 얼굴을 한 것치고는 매우 침착하게 검을 피해내었다. 피월려는 즉시 금강부동신법을 펼치며 남자의 등 뒤로 따라붙었고, 그 남자의 자세로는 도저히 피월려의 검을 피해낼 수 없었다.

유일한 방법은 바로 막는 것뿐. 남자는 검에 내력을 담아 피월려의 검을 막아내었다.

쾅!

검과 검이 부딪쳐서는 절대로 날 수 없는 폭발음이 검과 검 사이에서 터져 나왔다. 그 남자는 격한 내상을 입어 입에서 피를 내뿜었지만, 자세가 흐트러지지 않았다. 그러나 그렇다고 얼굴로 떨어지는 피월려의 발차기를 피할 재간이 생길 리 없었다. 그와 달리 아무런 피해가 없던 피월려의 발에는 역시 가공할 마기가 휘감겨 있었다.

으드득!

피월려의 발이 남자의 코를 뭉개 버렸고, 그도 모자라서 두 개골을 찌그러뜨렸다. 압력을 이기지 못한 뒤통수가 쪼개지며 뇌수가 뒤로 비산했다. 남자는 쓰러졌고, 머리 위쪽으로 피와 뇌수가 부채꼴 모양으로 바닥에 그림을 그렸다.

"으웩!"

"우웩!"

주변에서 그 잔인한 광경을 실시간으로 감상한 두 남자는 검을 놓치고 땅바닥에 주저앉아 토를 하기 시작했다. 무슨 과 일이 쪼개진 것처럼 사람의 머리가 쪼개질 수 있다는 사실을 도저히 받아들이지 못한 것이다. 사람의 죽음을 본 적이 없는 것은 아니지만, 이런 종류의 죽음은 듣지도 보지도 못했었기 에 그들은 구역질을 참을 수 없었다.

피월려는 왜 제갈미가 공격하지 않았는지 이해할 수 있었 다. 이런 수준의 남자 백여 명을 데리고 어떻게 절정고수를 잡을 수 있을까? 마기를 내뿜는 것하며 괴력을 내는 것하며, 마인이 가진 장점은 하나같이 공포심을 자극하기 좋은 것뿐이 다. 그래서 마인을 상대할 때는 양보다는 질이 우선이다. 마인 은 동 실력의 절정고수보다 더욱 하수를 학살하기 쉽다.

이들 하나하나를 놓고 보면 이류라고 말할 수 있다. 하지만 중소문파에서 작은 싸움과 작은 일들만 겪은 그들이 이런 전장에서 제대로 싸울 리 없었다. 이들 중 진짜 마인을 직접 눈으로 목격한 사람이 얼마나 될까? 아마 한 명도 없을 것이다. 같은 이류라고 해도 명문세가의 무림인과는 그 마음에서 차이가 심했다.

피월려가 중얼거렸다.

"이래서 천마신교의 이름이 그리 높았구나."

피월려는 직접 마인의 입장이 되니 세간에서 천마신교를 높게 평하는 이유를 알 것 같았다. 진실을 보면, 피월려와 그들과의 간격은 절정과 이류가 맞다. 하지만 마공을 익힌 마인과 중소문파의 흔한 무림인과의 간격은 절정과 이류의 그것을 넘어선다. 그것이야말로 피월려가 이들을 완전히 압도할 수 있는 이유였다.

피월려는 천천히 몸을 숙였다. 그리고 발아래 쓰러진 시체의 두 다리를 집었다. 솔직히 이렇게까지 해야 하나 하는 생각이 들었지만, 연출의 중요성을 깨달은 지금은 살아남기 위해서라도 해야 한다.

아무도 모르게 작은 한숨을 쉰 그는, 두 다리를 찢어 하늘 위로 높이 던졌다. 그것을 바라보는 모든 무인의 얼굴색이 핼쑥하게 변했다. 그 표정들을 만족한다는 듯이 일일이 감상한 피월려는 다시금 마기를 끌어 올려 하늘을 향해 외쳤다.

"크하하! 감히 본좌에게 덤벼들다니 어리석기 짝이 없는 것들. 이 몸께서는 광소지천의 유지를 이어받아 무당파의 졸개들조차 무서워서 벌벌 떤다는 낙성혈신마(落星血身魔) 피월려라 한다. 구파일방 중 하나인 무당파의 태극진인들도 내 상대가 되지 않거늘, 하물며 네놈들 같은 날파리가 상대가 될 성싶으냐? 호마궁의 마인에게 검을 들이댄 죄, 죽음으로 갚아야할 것이다!"

피월려는 마성에 젖은 눈빛으로 광오하기 짝이 없는 표정을 지으며 주변을 훑어보았다. 그러자 백여 명 중 상당수가 검을 놓아버리고 도주하는 것이 눈에 보였다. 심지어 투지를 내비쳤던 자들조차 투지를 잃고 도망가고 있었다. 그것을 보니 중소문파의 인물들뿐만 아니라 낭인들도 꽤 있었던 것 같다. 돈만 바라고 이 일에 참가한 자들이라면 지금 도망하는 것이 가장 현명한 선택일 것이기 때문이다.

"으으윽! 여, 역시 안 돼!"

"난 살아야겠어!"

모두 공포에 질려 하나둘씩 도주하기 시작했다. 결국 주변에 보이는 사람이 아무도 없게 되었다. 피월려는 극도로 고조된 극양혈마공의 기운을 다시금 진정시키기 위해서 안간힘을 썼다. 과장해서 마기를 표출하다 보니까, 음양의 조화가 깨지려고 했기 때문이다. 그는 한쪽 무릎을 꿇고 바닥에서 끙끙거리며 극양혈마공의 마기와 씨름하기 시작했다.

그런 그의 앞에 제갈미가 모습을 드러냈다. 팔짱을 낀 그녀는 피월려를 의심의 눈초리로 내려다보았다.

"낙성혈신마라니, 즉석에서 만든 것치고는 괜찮네. 그런데 뭐 하는 거야? 이번엔 무슨 수작이지?"

피월려는 피식 웃으며 대답했다.

"마공의 반동이지. 괜히 마공이 마공이겠어?"

"그래? 그럼 지금 공격하면 되는 거네?"

"자신 있으면 해봐. 하지만 공격하면 본체가 어디 있는지 발각되는 건 잊지 말고."

"……."

"왜? 고민돼? 이것도 연기일까 봐?"

"상관없어. 어차피 태원이가의 사람들이 네 마기를 감지하고 이곳으로 오는 중이니까. 네가 도주한다 해도 이미 추적 범위 내야. 그러니 굳이 지금 내가 나서서 공격할 필요는 없지."

피월려는 다시금 느꼈다. 제갈미라는 이 여자는 신중함으로만 보면 둘째가라면 서러워할 여인이라는 것을. 확실한 것이 아니면 시도하지 않는 책략가다.

피월려는 외투를 풀어 진설누를 바닥에 내려놓았다. 극양혈마공의 힘이 방해가 되는 지금 순간에는 그녀의 무게조차 버거울 정도로 힘들었기 때문이다. 그것을 물끄러미 보던 제갈미가 툭 하니 말했다.

"너 졌어."

피월려가 썩은 미소를 얼굴에 그렸다.

"그래, 완전히 졌군. 내가 그냥 정면 돌파 했다면 이겼을 텐데 말이지."

"응. 나한테 주어진 그 세력은 진짜 형편없었거든. 겉만 이류지, 속은 범인과 다를 바 없는 자들이야."

"그걸 알면서 애초에 왜 저들로 나를 잡으려 한 거지?"

"아버지는 나를 시기해서 불가능한 임무밖에 주질 않아. 원래는 오십이었어. 저것도 내가 사비를 털어 낭인 오십을 더 고용해서 만든 거지."

"……."

"물론 나는 불가능한 임무를 항상 성공하지만."

제갈미는 아무리 자화자찬을 해도 지치지 않는 듯 보였다.

피월려는 중얼거리듯 말했다.

"내가 진 건 내 실수 때문이야. 내가 너무 신중해서 패배한 것이지, 진작 정면 돌파 했다면 몰랐겠지."

"하지만 안 했어. 그러니 넌 심계에서 진 거야. 나와 대화하면서 싸울 생각도 안 했잖아?"

"……."

제갈미는 입을 가리고 웃었다.

"호호호. 역시 재밌는 사내네. 하여간 이제 작별 인사야. 내 임무는 태원이가 도착할 때까지 너를 여기에 붙잡아두는 것. 네 목숨을 취하라는 말은 없었으니까."

"아깐 오늘 무조건 죽인다면서?"

"내가 널 죽인다곤 안 했어. 그냥 네가 오늘 죽는다고 했지. 못 알아듣겠어? 아버지도 미안했는지, 나보고 널 죽이라는 식의 미친 명령은 안 내렸거든. 난 널 붙잡아두는 게 다야."

제갈미는 자기의 머리를 통통 쳤다. 그러고는 아이처럼 방긋 웃으며 말을 이었다.

"그래서 말인데, 도망가는 거 도와줄까?"

피월려는 귀를 의심했다.

"뭐?"

제갈미는 한번 인심 쓴다는 듯 콧대를 높이 쳐들었다.

"네가 여기서 도망가면 내 잘못이 아니라 태원이가의 잘못이니 나는 상관없거든. 그러니 네가 살아서 도주해도 나는 아무런 책임이 없어."

"무슨 개수작이지?"

"말했잖아, 그냥 마음에 들었다고."

도대체 속내를 짐작도 할 수 없는 여인이다. 피월려는 일단 물어보았다.

"어떻게 도와줄 거지?"

"태원이가의 정보를 줄게. 지금 너를 추적하는 태원이가의 인물은 총 삼십. 모두 일류야. 태원이가 최고급 전력이지. 그리고 그들을 이끄는 자는 태원이가의 장로인 이상후. 세간에 알려진 정보로는 절정고수야. 하지만 그것은 십 년 전의 정보. 지금은 초절정을 이룩했을지도 모르지."

삼십의 일류고수와 초절정일지도 모르는 고수. 피월려는 짤막하게 상황을 표현했다.

"참담하군."

"그러기에 누가 멸마신검을 죽이래? 그가 태원이가에 얼마나 중요한 인물인데. 쯧쯧쯧. 하여튼 이 정도의 정보도 줬으니까, 살아남는 건 알아서 해."

"도움을 준다기에 기대한 내가 바보지. 그깟 건 알아봤자 아무짝에도 쓸모없어."

"이 정도까지 했는데 살아남지 못하면 그놈이 죽어도 싼 놈이지."

"……."

"어? 도착한다. 그러면 나는 이만 빠질게. 수고해."

제갈미는 아까처럼 연기가 되어 눈앞에서 사라졌다. 기묘한 소녀는 그렇게 기묘하게 모습을 감추었다.

피월려는 최대한 집중하며 극양혈마공을 다스렸다. 하지만 그럼에도 태원이가의 인물들이 도착하기까지 완전히 마공을 진정시킬 수 없었다. 그는 하는 수 없이 옆에 누인 진설누를 안아 들고 자리에서 일어섰다. 찌르르한 고통이 온몸에서 느껴졌지만, 그런 것에 신경 쓸 여력이 없이 상황은 긴박하게 돌아가기 시작했다.

가장 앞에서 걸어오는 중년의 남자는 온몸에서 패기가 넘쳤다. 눈에는 투지가 불타오르고 있었고, 걸음걸이는 당당했다. 남자 중의 남자 같은 사내로, 한눈에 봐도 패공을 익힌 것이 틀림없다. 그가 절정고수인 이상후다.

그리고 그 뒤로 따라오는 삼십의 고수. 그들도 하나같이 굉장한 기운을 품고 있었다. 제갈미가 알려준 정보로는 일류고수들이지만, 일류고수라고 믿을 수 없을 만큼 대단한 기운을 내뿜고 있었다. 태원이가라는 배경과 가족같이 끈끈한 동료가 함께 걷고 있으니, 그 위세가 마치 하늘을 찌르는 듯하다.

그런데 그들 중 부상을 당한 인물들이 보였다. 총 두 명으로 각각 한쪽 팔과 허리를 한 손으로 막고 지혈을 하고 있었는데, 안색이 좋지 않은 것을 보면 전투에 임할 수 없을 정도의 치명상을 입은 듯 보였다. 이곳에 오기 전에 이미 전투를 겪은 것 같은데, 상대가 누구였는지 피월려는 짐작할 수 없었다. 하지만 곧바로 그 장본인들을 확인할 수 있었다.

백옥같이 하얀 옷이 어두컴컴한 숲속을 밝히 비추는 것 같은 착각이 듦과 동시에, 그 옷을 입은 사람들의 얼굴이 눈에 들어오기 시작했다. 십 대 후반으로 보이는 처자부터 사십이 넘어가는 미부까지 다양한 나이의 여인들로 이십 명에 조금 못 미치는 듯 보였다. 그들은 모두 살벌하기 짝이 없는 눈빛과 아무런 감정이 실리지 않은 무표정한 얼굴로 일관하고 있었으며 시퍼렇게 날이 선 긴 철검을 들고 있었는데, 폭이 좁고 길이가 비정상적으로 긴 것이 연검(軟劍)임이 틀림없었다.

연검은 잘 휘는 특성상 다루기가 극도로 어렵기 때문에 그 무공 또한 매우 독특하다. 한 무리의 사람들이 전부 같은 옷을 입고 같은 연검을 차고 있다면, 같은 무공을 익히는 동문이라 확신해도 무리가 없었다.

피월려는 본능적으로 그들이 진설누가 말하던 신비문파의 인물임을 깨달았다. 태원이가의 부상자들을 생각하면 이미 한바탕 전투를 벌인 것 같은데, 나란히 걸어온다면 이미 서로 어느 정도 대화가 오고 간 뒤라고 볼 수 있다. 그렇다면 이미 말을 맞추었다는 이야기. 피월려는 진설누의 뒷목에 손을 대고 갑작스레 마기를 불어넣었다.

"아악!"

진설누는 기절이라도 할 듯 비명을 지르며 눈을 번쩍 떴다. 잠을 재우는 것이 아니라 깨우는 것이기 때문에 심도 있는 점혈을 할 필요가 없었던 피월려는 매우 투박하게 내력을 불어

넣었고, 이는 곧 진설누의 기혈에 부담을 주었다. 진설누는 뒷목이 당기는 것을 느끼며 어지러운 눈앞을 보고자 눈을 여러 번 깜박였다.

피월려는 그녀를 한 팔로 안아 들었다. 진설누는 한동안 정신을 차리지 못하다가, 피월려를 발견하고는 꽥 하고 화를 내었다.

"무슨 짓이에요?"

피월려는 다가오는 무리에 시선을 고정하며 말했다.

"긴박한 상황이오. 아무런 말도 하지 마시오. 무슨 일이 일어나든 당황하지 말고 가만히 있으시오."

"그게 무슨……. 어? 도착했군요? 그런데 옆에 있는 저 남자들은 누구죠?"

"적이오. 상황을 파악할 수 없으니 잠자코 있으시오. 내가 알아서 하겠소."

"아, 알겠어요."

진설누는 어떻게 돌아가는지 모를 이 상황이 매우 혼란스러웠다. 피월려는 그녀를 한 팔로 단단히 잡고는 다가오는 무리에게 큰 소리로 말했다.

"태원이가의 사람들로 보이오. 그런데 그 옆에 계신 소저분들은 누구시오?"

여인들이 대답하기 전에, 이상후가 더욱 큰 소리로 맞받아

쳤다.

"알 거 없다! 네놈이 피월려라는 마졸이더냐?"

"그렇다면 어쩔 것이오?"

"어쩌긴, 가죽을 벗겨서 뼈를 씹어 먹어야지."

이상후는 당장에라도 보법을 펼칠 듯했다. 그런데 그런 그의 앞을 한 여인이 막아섰다. 이십 대 정도로 보이는 그 여인은 얼굴에 곰보가 가득해, 보기만 해도 눈살을 찌푸리게 만들 정도였다. 옥같이 하얀 피부와 풍만한 가슴, 그리고 잘록한 허리가 아니라면 애초에 여자로 취급받지 못할 수준이었다.

그 추녀가 가냘픈 팔을 뻗어 그를 제지하며 말했다.

"아직이에요. 설린의 행방을 알아야 해요."

목소리 또한 매우 아름다워 더욱더 얼굴을 안타깝게 만들었다. 이상후는 그녀를 보더니 대놓고 얼굴을 찌푸리며 딱 부러지게 말했다.

"진설린이라면 저기 저자가 업고 있지 않소. 약조대로 진설린은 건들지 않을 테니 걱정하지 마시오."

이상후는 그렇게 통보하고는 즉시 보법을 펼쳤다. 그런데 그 보법은 그의 얼굴이나 기운과는 완전히 다르게 극히 부드러웠다. 그렇게 막 추녀의 오른쪽으로 지나가는데, 추녀 또한 뒷걸음을 치듯 하며 보법을 펼쳤다. 여인의 것이라고 생각하기에는 어려울 정도로 격했다.

다시금 앞을 막아선 여인을 내려다보며, 이상후의 얼굴이 귀신처럼 무섭게 변했다. 하지만 그럼에도 아무런 영향을 받지 않은 여인은 전과 같은 차분한 목소리로 말했다.

"무슨 말이죠? 진설린은 저기 있지 않아요."

"소저야말로 무슨 소리를 하는 게요? 그런 뚱딴지같은 소리를 하려면 비키시오."

이번에는 왼쪽으로 보법을 펼쳤다. 그런데 그것조차도 여인이 한 번 더 따라갔다. 이상후는 더는 대화하고 싶지 않은지 검을 치켜들어 추녀의 목에 가져갔다.

휘리릭.

그러자 추녀의 연검이 쭉 늘어나며 이상후의 검을 휘감았다. 마치 뱀이 나뭇가지를 말며 올라가는 것 같았다. 이상후도 당황했는지, 함부로 더 움직이지 않았다. 피월려는 그 광경을 보는 순간 머릿속에서 번쩍거리는 것이 있었다.

연검을 자유자재로 사용하는 백의의 여인들.

그들은 드물게, 또한 불시에 무림에 출현하며 한 번씩 나타낼 때마다 극강의 고수로 알려진 자를 살해하고는 종적을 감추었다. 그들이 죽이는 자는 대부분이 극악한 마인이기 때문에, 그들은 살마백(殺魔白)이라는 별호로 불리었다. 가장 큰 특징은 중원무림에서 쉽게 찾아볼 수 없는 연검을 사용한다는 점이다. 피월려는 진설누가 말하던 신비문파가 바로 살마백의

문파를 말하는 것임을 깨달을 수 있었다.

추녀가 이상후를 올려다보며 말했다.

"저 여인은 진설린이 아니라 진설누예요. 그대들이 말한 진설린은 이곳에 없어요."

이상후는 순간 자기의 검이 여인의 검에 막혔다는 사실을 깨닫고는 수치스러움에 버럭 소리를 질렀다. 가문의 청년들 앞에서 망신이 따로 없었기 때문이다.

"저 여자가 진설린이든 진설누든 내 알 바 아니요! 가문의 원수인 저 씹어 먹을 마졸 놈을 죽여야 성이 풀리겠소. 그러니 당장 길을 여시오. 열지 않으면 소저도 내 검을 상대해야 할 것이오."

귀청의 떠나갈 만한 큰 소리에도 추녀는 차분함을 잃지 않고 또박또박 따졌다.

"말이 다르군요. 아까는 설린이와 피월려라는 마인이 같이 있다고 하셨잖아요? 피월려에게 납치당한 설린이를 같이 구하고, 피월려를 죽이는 대신 설린이를 우리에게 넘겨주는 것까지. 이것을 모두 지키겠다고 말했기 때문에 우리의 영역에서 내치지 않은 거예요. 그런데 말하던 설린이는 보이지 않고 그 동생인 설누만 보이니, 소녀는 당황하지 않을 수 없군요."

이상후는 거친 숨을 쉬며 금방이라도 뛰쳐나갈 듯 보였지만, 그러지는 않았다. 대신 의문을 담은 눈동자로 피월려와 진설누, 그리고 추녀를 번갈아 볼 뿐이었다. 왜냐하면 이상후도 왜 진설린이 아닌 진설누가 이 자리에 있는지 알지 못했기 때문이다.

이상후가 대답을 하지 않고 있자, 뒤쪽에서 태원이가의 한 사내가 이상후에게 다가왔다. 그 사내는 피월려에게 눈을 고정시키며 이상후에게 말했다.

"저 여인이 진설린이 아니라 진설누라면, 이는 큰일입니다. 태원이가의 원수를 처단하는 것도 시급한 일이지만, 진설린을 확보하지 못하면 태원이가의 명예가 실추될 수 있습니다. 가문의 원수는 가문의 일일 뿐이지만, 진설린을 확보하는 것은 백도 전체의 일입니다."

"……."

이상후는 대답하지 않았다. 그도 진설린의 행방이 얼마나 중요한지 잘 알기에, 이 상황을 이해하려고 노력하고 있었기 때문이다. 그런데 그의 앞에 있던 여인은 그의 생각이 정리될 때까지 기다려 줄 생각이 없는 듯했다.

"역시 설린이를 빼돌리려는 수작이었군요! 설린이를 우리에게 양도한다는 것은 완벽한 거짓임이 드러났어요."

그녀의 말이 끝나기 무섭게 백의여인들이 하나같이 검을 높이 치켜세웠다. 그러고는 검끝을 모두 태원이가의 사내들에게 향했다. 태원이가의 사내들도 모두 검집에서 검을 뽑아 들고 전투에 임할 준비를 했다. 그들은 모두 내공을 끌어 올리며 검에 담았는데, 수십 명의 무림인이 내공을 끌어 올리니 그 주변의 기류가 변하기 시작할 정도였다.

피월려는 속으로 쾌재를 불렀다. 그의 입장에서는 살마백과 태원이가 싸우면 그것만큼 좋은 것이 없었기 때문이다.

그렇게 두 세력이 격돌하기 직전, 지금까지 계속 고심하던 이상후가 입을 떼어 앞에 있는 추녀에게 말했다.

"그렇다 한들, 우리가 싸울 이유는 없소."

그 말을 들은 추녀는 아미를 찌푸렸다.

"무슨 뜻이죠?"

이상후는 손을 뻗어 진설누를 가리키며 말했다.

"진설린이 아니라면 저 여인은 우리에게 아무런 쓸모가 없소. 그러니 저 여인을 데려가지 않을 것이오. 그보다 당장 우리가 해야 할 일은 저 마인을 죽이는 것뿐이오. 그러니 우리는 저 마인을 죽이고, 소저께서 원하시는 대로 이 자리에서 떠날 것이오."

추녀는 콧방귀를 뀌었다.

"이미 여러 차례나 거짓을 말한 당신을 어떻게 신용하죠? 당장 이곳에서 떠나세요. 떠나지 않으면 공격하겠어요."

이상후는 흥분하지 않았다. 오히려 추녀보다 더욱 침착한 목소리로 말했다.

"착오가 있던 것뿐이오. 우리는 정말로 저 마졸이 진설린을 납치한 줄 알았소. 물론 저 마졸을 처단한 뒤에 진설린을 데려가려 했다는 것은 내 인정하겠소. 하지만 진설린이 아닌 이상, 저 여인을 데려갈 이유는 없소. 이것은 사실이오. 그러니 우리는 저 마졸을 죽이기만 하면 되오. 살마백은 태원이가와 싸울 필요가 없소."

"그 말을 믿을 수 없어요."

"믿으시오. 어차피 저 마졸은 저 여인을 납치했소. 진설누라 했던가? 소저에게는 저 여인 또한 진설린처럼 중한 사람이 아니오? 그런 사람을 납치한 마졸이오. 저 마졸을 처단하는 것은 소저도 나도 원하는 일 아니겠소? 저 마졸만 쳐 죽인다면, 다시 한번 말하지만 순순히 이곳을 떠나겠소."

"제가 싫다고 하면요?"

"저 마졸은 가문의 원수이오. 그냥 지나칠 수 없소."

"즉, 피를 보겠다는 말이군요?"

"그만큼 저자를 죽이는 것은 태원이가에게 중요한 일이오. 그것을 알아주었으면 하오."

"……"

"소저가 선택하시오. 무림의 절대 법칙! 강자존을 선택하시겠소? 아니면 지혜롭게 협의하겠소?"

추녀는 잠시 고민했다. 그러고는 진설누에게 시선을 돌리더니 말했다.

"설누야. 그 남자가 정말로 너를 납치한 것이니?"

진설누는 고개를 마구 흔들었다.

"아녜요. 오히려 저를 지켜주었……. 꺄악!"

진설누가 비명으로 말을 끝맺었다. 이상후가 뒤돌아서 진설누와 이야기하던 추녀에게 갑자기 검을 휘둘렀기 때문이다. 추녀가 죽을 것이라고 생각한 진설누는 눈을 질끈 감았다.

쾅!

폭발음이 진설누의 귀를 강타했다. 진설누는 너무 놀라 눈을 번쩍 떴는데, 그녀의 시야에는 어느새 그들에게 다가간 피월려가 검으로 이상후의 검을 막고 있는 것이 보였다. 그들의 검은 각각 푸른빛과 검은빛으로 은은하게 빛나고 있었다.

추녀는 옆으로 몸을 피하면서 피월려 쪽으로 검을 휘둘렀다. 피월려는 순간 그녀가 공격하는 줄 알고 간담이 서늘해졌는데, 그 검은 중간에서 극도로 휘어지며 이상후에게로 날아갔다.

펑!

공기가 터지는 소리가 들리며, 푸른빛이 나는 검이 여인의 연검을 쳐냈다. 그 검은 이상후에게 다가왔던 남자의 것이었다. 이상후는 검을 거두며 거리를 벌렸고, 피월려와 추녀 또한 뒤로 물러났다.

그것이 시발점이 되었다.

챙! 챙! 챙!

갑자기 칼 소리가 숲속 전역에서 들리기 시작했다. 피월려와 이상후의 싸움을 시작으로, 태원이가와 살마백의 싸움으로 이어진 것이다. 이십여 명의 여인과 삼십 명의 남자는 검공을 극한으로 펼치며 서로를 죽이기 위해 가장 무서운 살초들을 쏟아내기 시작했다. 그러자 눈 깜짝할 사이에 서로에게 검상을 만들면서, 그들이 흘린 피로 땅바닥이 젖어들기 시작했다.

"이쪽이 이상후인 건 알겠고, 너는 이름이 뭐지?"

피월려가 이상후 옆에 선 남자에게 이름을 묻자, 그 남자가 대답했다.

"이백진이다. 네놈을 죽일 남자의 이름이니, 잘 알아둬라."

피월려는 그 말을 가볍게 무시하며 옆에 추녀에게 물었다.

"어떻게 같이 싸우게 된 것 같으니 묻겠소만, 이름이 무엇이오?"

추녀는 한쪽 입꼬리를 올리며 말했다.

"여기서 살아남으면 말씀드리죠. 제 연검은 보통의 검보다 사거리가 기니, 뒤에 서겠어요. 보법이 뛰어나시니 앞에서 시선을 끌어주세요."

"나를 방패로 쓰겠다는 것이오?"

"더 좋은 방법이 있나요?"

"……"

둘은 단 한 번도 호흡을 맞춘 적이 없다. 하지만 이상후나 이백진은 태원가의 사람이니 합격진 하나 정도는 확실히 알고 있을 것이다. 따라서 공수를 확실히 나눠 서로의 역할에 충실한 것이 가장 좋은 방법이긴 했다.

피월려는 어쩔 수 없이 앞에 섰다. 그러고는 툭 하니 내뱉듯 말했다.

"마음대로 보법을 펼칠 테니 확실하지 않으면 공격하지 마시오. 아군에게 죽고 싶지는 않으니."

"걱정 마세요."

"또한 몸이 좋지 않아 오랫동안 무공을 펼칠 수 없소. 속전속결(速戰速決)로 부탁드리겠소."

추녀는 뭐라 대답하려 했지만, 피월려의 몸이 순간 아지랑이처럼 사라져 말하지 못했다. 그런데 그의 몸이 즉시 이상후의 앞에 나타났을 때는 입을 살포시 벌리며 감탄을 금치 못했다.

밟힌 땅이 이제 막 패어 들어가는데…….

추녀는 서둘러 보법을 펼쳐 피월려를 따라갔다. 자칫 잘못하면 피월려 혼자 적의 검경에 들어가 버린 꼴이 되어버리기 때문이다. 그녀는 연검에 내력을 불어넣으며 피월려의 뒤에 서서 기회를 노렸다.

쾅! 콰광!

검이 부딪칠 때마다 굉음이 연속적으로 울렸다. 이는 검에 담긴 내력과 내력이 부딪치는 소리인데, 이렇게 연속적으로 강하게 울리지는 않는다. 검 속에 담긴 내력이 맞부딪치면서 소모되면 그 내력을 보충하는 데까지 찰나의 시간이지만 확실히 시간이 소요되기 때문이다. 그런데 이렇게 연속적으로 들린다는 말은 항상 검이 내력에 가득 찰 정도로 내력을 소모하고 있다는 뜻이 된다.

하지만 이는 오직 피월려에게만 해당된다. 이상후와 이백진은 합격진에 따라 번갈아가면서 검을 휘둘렀기 때문에 내력을 그리 크게 소모하고 있지 않았다. 그들이 펼치는 합격진은 무공의 위력을 늘리기보다는 서로의 체력을 보충할 수 있는 장기전을 위한 것이다.

이는 가장 합리적인 판단이다. 지금 상황은 2 대 2 전투에서 끝나는 것이 아니라 수십 명이 싸우는 단체전이다. 확실히 상대방을 누를 수 없다면 체력을 최대한 소모하지 않고 상대하는 것이 현명한 방법이다.

그들은 피월려가 제풀에 지치기를 기다리고 있었다. 그것을 깨달은 추녀는 마음이 조급해졌다. 피월려는 현란한 움직임으로 두 명을 한 번에 상대하고 있었지만, 그 현란함 때문인지 추녀에게도 좀처럼 기회가 찾아오지 않았기 때문이다.

"아악!"

"크악!"

서서히 사방에서 단말마가 울리기 시작했다. 추녀는 여자들의 비명 소리를 무시하려 했지만 마음이 흔들리는 것을 막을 수 없었다. 사문의 언니와 동생들이 죽는 소리를 도저히 가만히 듣고만 있을 수는 없었다. 그녀는 마음이 급해져 눈에 보이는 빈틈에 즉시 연검을 찔러 넣었다. 확실하진 않지만 운에 기댄 것이다.

그것은 피월려와 이상후, 그리고 이백진 중 그 누구도 예상할 수 없었던 한 수였다. 확실하지도 않은 곳으로, 그렇다고 아니라고 하기도 뭐한 곳으로 공격을 하니 예상할 수 있을 리 없다. 이 정도에 공격을 했다면 진작 수십 번을 했어야 한다.

피월려는 급히 보법을 틀면서 앞으로 굴렀다. 그렇게 하지 않으면 고스란히 그가 연검을 맞게 되기 때문이다. 그리고 이상후도 몸을 뒤로 뺐다. 안전한 합격진을 하는 와중에 도박을 하고 싶지 않았기 때문이다.

하지만 문제는 이백진이었다. 젊은 그는 피월려를 죽여 공을 세우고 싶다는 마음이 가득했기 때문에 눈앞에 닥친 기회를 잡으려 한 것이다. 그는 오히려 앞서 나가며 피월려에게 검을 휘둘렀고, 덕분에 피월려도 보법을 끝까지 틀지 못했다.

연검이 피월려의 왼쪽 겨드랑이 아래를 크게 훑고 지나갔다. 갈비뼈와 갈비뼈 사이를 뚫는데 불로 빨갛게 데운 인장이 몸 안으로 쑥 하고 들어오는 듯한 고통이 느껴졌다. 마공을 펼치는 와중임에도 정신을 뒤흔들 정도의 고통이 느껴졌다.

그런 피월려를 보며 이백진은 회심의 미소를 지었다. 그리고 그 미소가 담긴 그대로 그의 입이 연검에 의해서 꿰뚫렸다. 입술을 비집고 들어가 혀를 자르며 뒤통수까지 일직선으로 뚫어버린 연검은 마치 시체를 파먹는 괴기한 생명체처럼 고개를 쳐들었다.

이백진의 눈깔이 뒤집히며 그의 혼이 몸을 떠났다. 피월려는 고통에 신음하며 땅바닥에 주저앉았는데, 그 순간 이백진의 뒤에 포착된 이상후를 보고는 뒤통수가 짜릿할 정도로 엄청난 위기감을 느꼈다. 이상후는 이백진이 죽을 동안 검에 가공할 내력을 집약시켜 도저히 막을 수 없는 강한 초식을 펼치려 했기 때문이다.

그 검은 피월려의 뒤통수로 떨어지려 했고, 피월려는 얼른 몸을 돌리면서 철검을 들어 막았다. 있는 내력을 모두 긁어모아 검에 담았는데, 그 순간 온몸에 찢어지는 듯한 고통이 느껴졌다. 내력이 다한 것이다. 극양혈마공을 제대로 끝까지 진정시키지 못한 결과가 나타난 것이다.

제발 막아다오.

마지막 한 올의 마기까지 담은 피월려는 간절한 마음으로 안간힘을 짜내어 검을 들었고, 내려치는 이상후의 검을 막았다.

쾅!

굉음이 들림과 동시에 피월려의 철검이 깨어지며 사방으로 비산했다. 그것으로 이상후의 검에 담긴 내력은 모두 사라졌다. 하지만 이상후의 검은 멈추지 않았다. 여전히 빠른 속도로 피월려의 육신을 도륙하기 위해 날아왔다. 그리고 이내 피월려의 오른쪽 어깨에 도착했다.

검이 살을 파고드는 감각.

피월려의 용안심공은 그것조차도 생생히 느끼게 만들어주었다.

근육이 뭉개지고 뼈가 부러지며, 핏줄이 터져 피분수를 만들어냈다. 그럼에도 이상후의 검은 멈추려 하지 않았다. 어깨도 모자라서, 목까지 타고 올라와 기어코 피월려의 목을 자르려 했다.

푹.

피월려의 고개와 어깨 사이. 그 미세한 곳을 연검이 정확하게 파고들어 땅에 박혔다. 그러자 막 피월려의 목을 베려던 이상후의 검과 맞닥뜨렸다. 연검은 내력이 가득했고, 이상후의 검에는 내력이 없었다.

서걱.

검이 검을 자르는 소리가 피월려의 오른쪽 귀로 선명하게 들렸다. 연검에 내력이 가득 담긴 터라 내력을 잃어버린 이상후의 철검이 잘려 버린 것이다. 목적을 다한 연검은 튕겨지듯 반동을 받아 올라갔고, 잘려진 이상후의 철검을 따라 지렁이처럼 흐늘거렸다. 그리고 구렁이가 담을 넘듯 철검을 타고 올라와 그 주인에게까지 뻗었다.

"으핫!"

철검을 타고 온 연검이 이상후의 손목에 박히자 이상후는 괴물을 보듯 그 연검을 떨쳐내려 손을 흔들었다. 하지만 그렇게 하면 할수록 오히려 더 박혀 들어갈 뿐이었다. 그렇게 연검이 그의 뼈에까지 뿌리를 내렸다.

"하— 앗!"

추녀는 기합 소리와 함께 연검을 크게 휘둘렀다. 그러자 마치 파도 같은 것이 연검을 타고 흐르기 시작했다. 그리고 그 파도가 연검의 끝에 닿았을 때, 그 모든 힘과 내력은 연검이 내린 뿌리를 따라 뼈에 도달했다.

팍! 파곽! 파파팍!

이상후의 오른손이 복어처럼 부풀어 오름과 동시에, 괴기한 방향으로 완전히 꺾였다. 그리고 찰나 후, 부풀어 오른 부분이 고름이 터지듯 사방으로 피와 살점을 쏟아냈다. 그 엄청난 광경을 보면서도 믿을 수 없었던 이상후는 자리에 주저앉았고, 오로지 뼈만 남아버린 본인의 오른손을 허망한 눈동자로 주시했다.

고통은 이후에 도착했다.

"크아악!"

상상을 뛰어넘는 고통에 이상후의 눈이 완전히 뒤집혔다. 그는 뒤로 벌러덩 넘어지며 기절했다.

그것이 피월려가 마지막으로 본 장면이었다. 피월려는 저절로 감기는 눈꺼풀을 어찌할 수 없었다.

제사십팔장(第四十八章)

이름 없는 언덕.

극양혈마공이 날뛴다.

피월려는 피리를 꺼냈다.

맑은 빛을 머금은 옥소.

역화검의 유산과

빙정으로 만들어진 보물.

소소(銷簫).

음파로 전달된 음기를 느낀다.

손으로 전달된 음기를 느낀다.

피월려는 눈을 감았다.

구슬픈 곡조는 마음을 다스렸고,

극양혈마공까지 식혔다.

"오고 있어요."

흑설의 간지러운 목소리.

피월려는 눈을 떠 그녀를 보았다.

심히 아름다운 모습에

넋이 나갈 것 같다.

하지만 그림 속의 피월려는

무심하기 짝이 없는 눈빛이다.

색공을 익힌 천살성이라.

티끌만큼의 마음이라도 빼앗기면 필사(必死)다.

그것을 누구보다 잘 아는 피월려다.

"호법은 뒤로 물러나라."

"존명."

포권 위로 눈웃음치는 그녀는 존명을 말할 때마다 피월려를 유혹한다.

그것은 그녀의 마음일까?

천살성의 성격일까?

그도 아님 색공의 영향일까?

피월려의 상념은 오래가지 못했다.

"장로님을 뵈옵니다."

주소군.

수염이 의외로 잘 어울린다.

"원주께서 무슨 일이시오?"

"부교주님께서 보냈습니다."

"뭐라 하셨소?"

"전처럼 한잔 하자고 하십니다."

"주하는?"

주소군은 난처했다.

"부교주께서 와서 직접 데리고 가라고 하십니다."

"하하하."

속이 빈 듯한 허무한 웃음.

주소군도 미소 지었다.

"주 대주께서도 부교주님의 명령을 거부할 수 없었습니다."

"부교주의 명령에 따르다니. 교주께서 좋아하지 않을 텐데?"

"교주께서 좋아하지 않는 분이 주 대주만은 아니지요."

말 속의 뼈.

주소군의 광오함.

아니, 속이 꽉 찬 자신감이다.

피월려는 소소를 손으로 잡았다.

"한 수 받겠소?"

눈에 차오르는 기대감.

"얼마든지."

피월려는 웃었다.

"내 취미를 받아줄 사람은 원주밖에 없소."

주소군도 웃었다.

"너무 강하게는 마십시오."

"왜 두렵소?"

"진심으로 했다가는……."

"했다가는?"

"제가 장로가 되어버릴 수도 있지 않습니까?"

"……."

"그건 귀찮습니다."

피월려의 얼굴에 그려지는 미소.

흑설의 얼굴에 그려지는 살소.

그녀의 손가락은 주소군의 미간에 멈췄다.

주소군은 싱긋했다.

흑설도 싱긋했다.

"선을 넘지 마세요. 죽기 싫으면."

"스승에게 너무하지 않니?"

"기억이 안 나요."

"거짓말."

"정말인걸요. 그런 시시콜콜한 기억은 머릿속에 없어요."

피월려는 소소를 거두었다.

"재미는 다음에. 흑설. 너는 남는 것이 좋겠다. 네가 가면 더 귀찮아질 것이니."

"명이에요? 명이시라면, 불복하고 죽을 거예요."

"……."

"장로께서 어디를 가든 저는 따라가요."

주소군이 말했다.

"일어나세요."

가냘픈 여인의 목소리다.

피월려는 놀랐다.

"일어나세요."

여인의 목소리는 다시 들렸다.

주소군이 말한 것이 아니다.

세상이 울리는 것이다.

피월려는 소소를 급히 들어 연주했다.

환청이 들릴 정도니 서둘러 내력을 안정시키기 위함이다.

다시금 잦아드는 음기.

그러나 환청을 없애지는 못했다.

"일어나세요."

피월려는 눈을 번쩍 떴다.

찰랑찰랑.

피월려의 몸이 움직이며 만든 물결이 작은 파동을 만들어 내며 표면을 뒤흔들었다.

수면의 높이는 그의 귀를 반쯤 덮는 수준이어서, 물이 찰랑일 때마다 그의 귓구멍에 들어갔다.

때문에 왱왱거리는 소리를 두 귀로 들은 그는 깜짝 놀라며 자리에서 벌떡 일어났다.

아니, 일어나려 했다. 하지만 몸은 돌덩이라도 된 듯 꼼짝도 하지 않았다. 작은 수준의 미동조차 할 수 없었다.

눈이 보이지 않고 귀가 들리지 않았다면, 땅속에 파묻혀 있었다고 생각할 정도였다. 피월려는 먼저 손가락을 움직여 봤다.

하지만 손가락조차 움직이지 않았다. 한동안 고생 끝에 그는 목 아래로는 아무것도 움직일 수 없다는 사실을 알 수 있었다.

그는 소리를 내었다.

"누가 있소?"

말이 끝나자마자, 세상에서 어떤 소리가 사라졌다. 마치 당연히 있어야 할 공기나 햇빛이 사라진 것 같은 공허함이 느껴졌다.

심심한 귀를 어루만져 주는 당연한 소리. 피월려는 기억을 가다듬었다.

그리고 그 소리가 어떤 것인지 기억했는데, 그것은 마음을 진정시키는 효과가 있는 피리 소리였다. 꿈에서부터 지금까지 끊임없이 들었기 때문에, 그 소리가 사라지자 매우 큰 어색함을 느낀 것이다.

"일어나셨어요?"

여인의 목소리다. 피월려는 목을 돌려 옆을 보았고, 그곳에는 한 여인이 있었다.

빛에 완전히 적응하지 못한 눈으로는 얼굴의 윤곽을 자세히 볼 수 없었지만, 피월려는 그 여인이 전에 한 번도 보지 못한 여인임을 감으로 알았다.

피월려가 물었다.

"누구시오?"

여인이 대답했다.

"의식이 깨어나셨으니, 곧 몸이 회복될 겁니다. 돕겠습니다."

묘령도 되지 않은 앳된 목소리였다.

여인은 그렇게 말한 후, 다시 옥소를 입에 가져가 연주하기 시작했다. 그 소리를 다시 듣고 있자, 피월려는 가슴이 시원해지는 것을 느꼈다.

단순히 느낌만이 아니라 실제로 극양혈마공의 기운을 부드럽게 억눌렀다. 그 기운을 받들어 피월려는 신경과 근육을 하나하나 일깨웠고, 안정된 극양혈마공의 기운으로 육체의 통제권을 되찾았다.

피월려는 몸을 슬며시 움직였다. 그러자 뼈와 근육이 비명을 지르는 듯했다. 기운에는 문제가 없지만, 내공은 무형의 기운이다.

유형의 것까지 대신하진 않기 때문에, 그 부분을 회복하기 위해서는 시간이 필요했다. 더 이상 할 수 있는 것이 없다. 여유를 되찾은 피월려는 이제는 완전히 복구된 시야로 주변을 살폈다.

그는 차가운 돌덩이로 이뤄진 침상에 누워 있었다. 돌상은 가운데가 두 자 정도 안으로 패여 있었고, 그가 누운 곳은 그 패인 중앙이었다.

그리고 그 안에는 물처럼 보이는 액체가 담겨 있었는데, 뿌옇고 맑게 빛나는 것이 단순한 물로 보이지는 않았다. 그 액체에는 음의 기운이 상당히 내포되어 있었는데, 극양혈마공으로 비롯된 열기를 뺏어 피월려의 육신을 식혀주는 역할을 하고 있었다.

그는 시야를 넓혔다. 좁은 방 안에 스며드는 햇빛은 매우 미세하여, 그것이 촛불인지 햇빛인지도 분간할 수 없을 정도였다.

그 대신 수십 개의 붉은색 촛불이 낮처럼 환하게 안을 비추고 있었다. 햇빛에 민감한 극양혈마공의 기운을 억제하려한 것이 틀림없었다.

피월려는 마지막으로 방 안의 중앙에서 옥소를 연주하는 여인을 보았다.

전체적으로는 심히 고왔다.

그의 두 주먹을 합친 것만큼도 안 될 정도로 작은 얼굴에는 누구보다도 뚜렷한 이목구비가 오목조목 자리 잡고 있었다.

큰 눈과 진한 눈썹, 그리고 붉고 두터운 입술은 얼굴의 대부분을 차지하고 있었고, 그나마 남은 부분은 높은 콧날에 가려졌다.

연주를 하느라 눈을 감고 있었는데, 만약 눈을 뜨면 이미 충분히 아름다운 그 얼굴이 얼마나 더 아름다워질지 미지수였다.

단아한 차림으로 앉아 있는 그녀를 보며 피월려는 전에 봤던 추녀를 떠올리지 않을 수 없었다.

그녀의 머리나 몸, 그리고 그녀의 옆에 가지런히 놓인 연검을 봐도, 그때 보았던 추녀와 너무나도 닮았기 때문이다.

물론 얼굴에 가득했던 곰보가 씻은 듯 사라지고 이목구비가 뚜렷해진 것이, 여인이 선녀로 환생한 것만큼이나 달랐다.

하지만, 얼굴만 가린다면 그때 보았던 추녀가 확실했다. 그때 얼굴을 의도적으로 추하게 만든 것이 분명했다.

사정이 있으리라.

피월려는 누웠다. 그러고는 내부에 기운을 집중하며 회복에 신경 쓰기 시작했다. 그렇게 시간이 지나자 육체의 통제권을 서서히 되찾은 피월려는 자리에서 일어났다.

그런데 문제가 있었다. 그는 한 올의 옷도 걸치지 않고 있었던 것이다.

지금까지 그 사실을 알아채지 못했을 정도로 그 돌침상은 편안했다.

여인은 연주를 끝냈다. 그리고 눈을 살포시 떴는데, 돌상에 뒤집혀진 상태로 어정쩡하게 누워 있는 피월려를 보며 고개를 갸웃했다.

"왜 그러시죠?"

피월려는 헛기침을 했다.

"그, 옷이……."

여인은 무표정으로 일관하며 말을 이었다.

"당신을 그 침대에 누인 사람이 누구라고 생각해요?"

"소저… 시요?"

"이제 와서 새삼스럽게 부끄러움을 타시다니, 생각보다 소심하시군요."

"……"

피월려는 할 말이 없었다. 여인은 옥소를 내려놓고 자신의 겉옷을 벗었다.

천이 휘감기는 소리에 피월려가 설마 하는 생각으로 그녀를 돌아보았는데, 순간 폐로 들어차는 헛바람을 막을 수 없었다.

황홀 그 자체.

그녀의 눈을 바라보는 것만으로도 심장이 덜컹 떨어지는 것 같고, 다리에는 힘이 풀려 버리는 것 같았다.

영혼을 모조리 빨아먹는 괴물이 두 눈동자에 살아 숨 쉰다고 해야 할까? 지금껏 진설린을 제외하고 이런 느낌이 든 건 처음이었다. 분위기만 본다면, 마치 십 대 후반의 진설린이 살아 숨 쉬는 것 같다.

자기의 겉옷을 벗는 그녀는 너무나 당당했다. 그러다 보니, 그녀의 행동은 단순한 행동이 아닌 하나의 예술이 되었고 춤이 되는 것 같았다.

겉옷이 내려오며 속옷이 드러나는데도 표정에는 조금의 변화조차 없어, 너무나 자연스러웠고 또한 신성함까지 느껴졌다.

피월려는 넋을 놓고 그 모습을 보고 있었지만 곧 스스로의 행동을 깨달았다.

사실 그는 진설린을 보면서 넋을 놓은 적이 많아 넋을 잃은 자신을 되찾는 데 꽤 익숙해져 있었다.

그때마다 진설린은 짓궂은 장난을 치며 피월려의 자존심을 갉아먹었기 때문에, 그는 넋을 안 놓은 척하는 데 꽤나 통달해 있었다.

덕분에 여인이 겉옷을 건네는데 피월려는 조금의 망설임이나 부끄러움도 없이, 조금의 표정 변화나 손끝의 흔들림 없이, 마치 당연한 것을 한다는 듯이 받을 수 있었다.

피월려가 스스로의 연기에 감탄할 때쯤 여인이 냉소적인 말을 했다.

"잘도 여인의 옷을 받는군요."

이 정도의 모욕은 주하의 것에 비하면 새 발의 피다. 피월려는 웃어넘기며 그녀의 겉옷을 넓게 휘둘러 그의 하체를 가렸다. 그리고 뒤로 묶으면서 말했다.

"감사드리오."

피월려는 포권을 취했다. 그러면서 시선을 아래로 내리는데, 속옷만 입은 그녀의 몸매를 감상하지 않기 위해서 최대한 노력해야 했다.

풍만한 가슴이나 잘록한 허리, 그리고 쭉 뻗은 다리가 초점이 벗어난 상태에서 겹으로 보였는데, 그 겹침이 자꾸만 합쳐지려는 것이 용안심공의 힘을 빌리지 않고서는 도저히 충동을 벗어날 수 없었다.

그는 결국 용안심공의 힘을 빌렸다.

그런데 그런 피월려를 바라보던 그 여인의 눈이 묘한 빛으로 빛났다.

"익숙한가 보죠?"

피월려가 대답했다.

"뭐가 말이오?"

여인은 자리에 앉았다.

그러면서 속옷이 흔들리는데, 이미 용안심공이 가동된 이상 피월려의 평정심을 흐릴 수는 없었다.

그 여인이 피월려를 똑바로 바라보며 말했다.

"설누가 그러더군요. 당신이 설린이의 몸을 데워주고 있다고. 설린이도 당신의 몸을 식혀주니, 피차 나쁠 건 없네요."

피월려와 진설린은 서로를 위해서 음양합일을 한다. 그것을 말하는 것이다.

다만 피월려는 그녀가 전에 했던 말에 신경이 더 쓰였다.

"익숙하다는 말은 무슨 뜻이오?"

"아무것도. 그냥 혼잣말이에요."

그럴 리가 없다. 피월려는 잠시 생각했고, 곧 알 수 있었다.

"혹 소저도 천음지체이시오?"

처음으로 그녀의 표정에 큰 변화가 생겼다.

"맞아요. 단순히 제가 익숙하다고 했던 말로 그 사실을 유추하신 건가요?"

"그뿐만은 아니오. 여인의 아름다움이 아무리 깊다 하나 내 정신을 이렇게 혼미하게 만들 수는 없소. 단순한 아름다움 그 이상의 것이 담겨 있지 않는 한 말이오."

그 여인은 미소 지었다.

"설마 마인에게서 그런 말을 들을 줄은 꿈에도 몰랐군요. 백도의 인물 중에서도 심력이 단단하기로 소문난 인물들이 하나같이 그런 말을 했었죠. 한낱 여인의 미모로 마음이 어지럽혀졌다는 사실 자체에 죄책감까지 느끼는 그런 사내들 말이에요……. 마공을 익힌 당신이 그런 심력을 자력으로 가질 수는 없고, 혹 심공을 따로 익혔나요?"

대단한 여자다.

피월려는 인정하지 않을 수 없었다.

"그렇소. 지혜가 남다르시오."

"지혜라기보단 감이에요. 천음지체라는 이 저주 덩어리 몸과 함께 딸려오는 몇 안 되는 선물이죠."

"……."

여인의 목소리에서 증오를 넘어선 혐오감이 느껴졌다. 그녀는 자기가 천음지체라는 것을 진정으로 저주라 생각하는 것이 분명했다.

여인이 말을 이었다.

"설린이는 잘 있나요?"

화제를 돌렸다.

피월려는 그것을 알았음에도 그냥 넘어갔다.

"잘 있소. 지금쯤 개봉으로 향하고 있을 것이니."

"황태자와 결혼한다고 이야기를 들었는데. 당신의 입장이 참으로 난처했겠어요."

"뭐, 어쩌겠소."

"그녀의 뜻인가요?"

"자세한 것은 말할 수 없소."

"역시 그렇군요."

"소저는 린 매를 어찌 아시오?"

"린 매? 연인은 아니라고 들었는데 아닌가요?"

"편의상이오."

"이상하군요. 편의상 린 매라고 부른다니."

"……"

피월려가 말을 하지 않자, 그 여인의 눈빛이 한층 더 깊어졌다.

"혹시……"

피월려가 말을 끊었다.

"설린과 잘 아시오?"

"예. 잘 알아요."

"그럼 그녀의 상태도 잘 알겠군."

"상태라면?"

"정신 상태 말이오."

"……."

"그녀는 나를 월랑이라 부르고 나 그녀를 린 매라 부르오. 하지만 그곳에 진심은 없소. 나도 없고. 그녀도 없소."

"그렇군요. 확실히 설린이라면……. 무슨 뜻인지 알겠어요."

진설린의 정신 상태란 말 한마디만 듣고 피월려와 진설린의 관계를 이해했다면 그녀가 정말로 진설린을 잘 안다고 할 수 있었다.

피월려와 진설린의 관계는 참으로 묘한 구석이 있어, 겉으로 보이는 것만으로는 짐작도 할 수 없었기 때문이다.

피월려가 물었다.

"소저는 누구시오? 또한 린 매를 어찌 아시오?"

그녀는 단호하게 말했다.

"알 필요 없어요. 어차피 나와 다시 보긴 어려울 거예요."

"그건 약속과 다르지 않소?"

"무슨 약속을 말씀하시는 거죠?"

"전에는 싸움에서 살아남으면 이름을 알려준다고 하지 않았소?"

"……."

"설마, 내가 정말로 못 알아봤을 거라 생각하시는 것이오? 사람은 얼굴만으로 알아보는 것이 아니오."

그 여인은 입을 다부지게 다물었다. 심기가 불편했지만, 할 말이 없던 것이다.

그녀는 한동안 빤히 피월려를 보더니 곧 툭 내뱉듯 말했다.

"류서하예요."

그 이름은 피월려도 들어본 기억이 났다.

"설마 북경제일미(北京第一美)?"

류서하는 고개를 끄덕였다.

"맞아요. 북경제일미."

피월려는 경악하며 소리쳤다.

"그렇다면 설마 여기가 북경이오? 도대체 시일이 얼마나 지난 것이오?"

류서하는 입을 살포시 벌리면서 소리 없이 놀랐다. 그러고는 곧 대답했다.

"북경은 아니에요. 그런데…… 어떻게 그걸 먼저 생각하죠? 아니… 아니에요."

"무슨 말이요?"

"아무것도. 그저……. 대단한 심공을 소유하고 계신 것 같네요."

비꼬는 게 확실한 어투였지만, 못 알아들은 이상 애써 이해할 필요가 없다. 이해해서 좋을 것이 없기 때문이다. 피월려는 대신 현실적인 것에 집중했다.

"류 소저, 우선 시일이 얼마나 지났는지 알려주시오."

류서하가 대답했다.

"이틀 정도 지났어요. 정확히는 스무 시진이 흘렀죠. 그리고 여긴 북경이 아니라, 하남성 언사의 주변이에요."

피월려는 안도의 한숨을 쉬었다.

"하아, 다행이오. 그 정도면 충분히 따라잡을 수 있군."

"……"

"아 참. 그런데 왜 북경제일미께서 이곳에 계신 것이오?"

"이제 물어보시는군요."

"음?"

"아니에요."

그녀는 아니라 했지만, 얼굴에는 불만이 엿보였다.

최근 주하나 진설린, 그리고 혹설을 통해 여인과의 대화에 있어 상당한 경지를 이룩한 피월려는 그녀의 마음이 불편하다는 것을 눈치챘다.

피월려는 단도직입적으로 물었다.

"뭔가… 언짢은 게 있으시오?"

"없어요."

"그렇……"

탁!

피월려의 말이 끝나기 전에, 갑자기 뒤쪽에 있는 방문이 열렸다.

그곳에는 머리가 희끗희끗한 중년의 여인이 서 있었는데, 서릿발 날리는 기운이 온몸에서 풍겨져 나왔다.

그녀의 눈빛은 여인의 것이라 믿을 수 없을 정도로 날카로웠다.

피월려는 그녀가 무림에서 오랫동안 활동하여 산전수전 다 겪은 노강호라는 것을 즉시 알 수 있었다.

그 여인이 류서하를 내려다보다 일갈했다.

"사내가 깨어나면 즉시 나와 알리라고 했건만, 누가 희희낙락 떠들라고 했느냐?"

류서하는 급히 무릎을 꿇으며 고개를 조아렸다.

"죄, 죄송합니다, 사부님."

"쯧쯧쯧. 저자는 마인이다. 네게 해코지할 수도 있었음이야. 어서 썩 나가거라."

"예. 사부님."

류서하는 연검과 옥소를 서둘러 챙기고는 방 밖으로 나갔다.

피월려는 그토록 아름다운 미녀가 눈앞에서 사라지니 너무나 큰 상심을 느꼈다. 하지만 그것도 잠깐이다. 이제는 또 다른 실전이 눈앞이다.

피월려가 먼저 그 중년의 여인을 향해 말을 꺼냈다.

"그럴 거라면, 처음부터 다른 여인으로 옥소를 불게 하면 될 일 아닙니까?"

그 여인은 부드러운 발걸음으로 방의 중앙에 자리하며 대답했다.

"들어서 알겠지만, 천음지체의 음기가 아니면 안 되었소."

중년의 여인은 하오체를 썼다.

이는 구파일방 중 아미파의 고수에게서 쉽게 찾아볼 수 있는 특징으로, 자기의 무공에 자신이 있어 한 명의 여인이 아닌 한 명의 무림인으로 말을 하겠다는 의미를 내포하고 있었다.

즉, 이 중년의 여인은 이 신비문파를 책임지는 책임자라고 추측할 수 있었다. 피월려가 그것을 확인하기 위해서 한번 도발했다.

"다 엿듣고 계셨습니까? 여협께서는 특이한 취미가 있으십니다."

그녀는 가소롭다는 듯이 작은 비웃음을 입꼬리에 걸쳤다.

"그대는 본녀를 도발해서 좋을 것이 하나도 없소. 심계는 동등한 상대에게나 쓰는 것이오. 몸이 쾌차한 것으로 보이니, 단도직입적으로 본론을 말하겠소."

피월려의 얼굴이 굳어졌다. 그는 먼저 주도권을 잡기 위해서 그녀가 말을 하기 전에, 빠르게 말을 이었다.

"귀하의 문파에서 내 생명을 구해준 것은 감사하게 생각합니다. 하지만 무림이란 곳은 여협께서도 아시다시피 온갖 계략이 난무하는 곳. 여기가 어디인지, 그리고 왜 나를 구했는지, 그리고 내게 원하는 것이 무엇인지 그것부터 설명해 주십시오."

중년의 여인은 만족한다는 듯이 고개를 크게 끄덕였다.

"좋소. 우선 본녀의 이름은 본시시. 부족하지만 이곳 상옥곡(傷玉谷)의 곡주이오."

"상옥곡? 들어본 적이 없습니다."

"살마백은 들어봤을 것이오. 살마백의 문파가 바로 이곳, 상옥곡이오. 태원이가의 손에서 그대를 구한 것이 우리이오."

"과연……. 그렇다면 태원이가와의 싸움은 어떻게 되었습니까? 진설누는?"

본시시는 자부심이 느껴지는 표정으로 대답했다.

"그들은 모두 우리의 손에 의해 죽었소. 그대나 설누를 쫓는 이는 이제 없소."

"지금 그녀를 볼 수 있습니까?"

"이곳을 나갈 때 볼 것이오."

그녀는 매우 급해 보였다. 이를 의아하게 여긴 피월려가 물었다.

"그런데 왜 이리 서두르시는 겁니까?"

본시시는 터놓고 말했다.

"상옥곡에는 남자가 들어올 수 없소. 그대가 남자인 이상 이곳을 속히 벗어나야 하오. 그러니 대화를 서두르겠소."

"아미파와 비슷한 것입니까?"

"그보다 더 심하오. 그대를 보면 죽이려 들지도 모르니."

"무슨……. 남자라는 이유 하나로 왜 나를……."

본시시는 피월려의 말을 잘랐다.

"갈! 조용히 하시오. 그대가 천마신교의 마인이 아니었다면 내 손으로 이미 죽였을 것이오."

그 말은 즉 피월려가 남자임에도 버려두지 않고 상옥곡 안으로 데려와 치료까지 한 이유가 바로 천마신교의 마인이기 때문이라는 뜻이다. 피월려는 눈살을 찌푸렸다.

"무슨 뜻입니까?"

"반평생을 백도에 몸담았고, 나머지 반은 이곳에서 보낸 본녀는 천마신교와 아무런 연이 없소. 따라서 지금까지 이 부탁을 할 수 있는 기회는 매우 적었소. 직접 해야만 할 정도로 민감한 일이오."

"어떤 부탁을 청하기 위해서 제 생명을 살리신 겁니까?"

"내 제자가 이틀 밤낮을 새우며 옆에서 음공(音功)을 펼치지

않았으면 그대는 죽었을 것이오. 그대는 본녀의 부탁을 무슨 일이 있더라도 들어주어야 하오."

본시시의 눈빛은 강렬하게 빛났지만 어딘지 모르게 불안해 보였다.

살마백과 같은 여인들의 수장이 이런 모습으로 부탁을 해 오리라고는 생각하지도 못한 피월려가 말했다.

"의외입니다. 도대체 부탁이 무엇이기에 이리 조심스럽게 말씀하시는 겁니까?"

본시시는 잠시 뜸을 들이다 말했다.

"내 딸을 찾아주시오."

피월려는 순간 귀를 의심했다

"그게……. 무슨?"

"천마신교에 내 딸이 있소. 그녀를 찾아주시오."

"……."

"그리고 누구를 통하든 관계없소. 그저 생사만 알려주시오. 기간이 얼마나 걸려도 상관없소. 그저……. 살아 있는지 죽었는지. 그것만 알려주시면 되오."

논리적으로만 따지면 피월려는 도저히 본시시의 마음을 이해할 수 없었다.

남자를 절대 들일 수도 없는 상옥곡의 주인이 직접 남자를 들였다.

이걸 들키면 곡주 자리를 내놔야 할 것임이 분명한데도.

또한 아끼는 제자를 이틀 밤낮이나 음공을 펼치게 할 정도로 열심히 생판 모르는 남자를 치료했다. 단순히 천마신교의 마인이라는 것 하나만으로.

그리고 그 마인에게 자기의 가장 큰 약점이 될지도 모르는 비밀을 서슴없이 털어놓았다. 그 남자가 부탁을 들어줄지 안 들어줄지 모르는데도.

모정(母情)이라.

그것이 무엇이기에 이리도……

피월려는 한참 그녀를 보았다. 불안하면서 간절한 마음이 눈동자에 담겨 있다.

그가 툭 하니 말했다.

"원하는 것이 있습니다."

본시시가 눈을 날카롭게 떴다.

"목숨을 구한 것으로 만족하지 못한다는 말이오?"

피월려는 담담히 고개를 끄덕였다.

"그렇습니다."

"……"

"다만, 지금 당장 달라는 것은 아닙니다. 내가 곡주의 여식을 수소문하여 그 생사를 완전히 파악해서 알려 드리겠습니다. 그러면 그때 주십시오."

본시시가 하는 수 없이 물었다.

"원하는 것이 무엇이오? 돈이오? 무공이오?"

"아직은 모르겠습니다. 하지만 그때가 되면 확실해질 겁니다."

"……"

"여인의 생사 여부를 알아봐 달라는 건, 저에게 있어 간단한 일입니다. 곡주에게 상식을 벗어나는 무리한 부탁을 하지 않을 것입니다."

본시시는 잠시 고민하다가 곧 자리에서 일어났다.

"알겠소. 내 그대를 믿겠소."

"좋습니다. 이름이 뭡니까?"

"자희. 성은 없소."

"소식은 어떻게 알리면 됩니까?"

"설린이에게 알리면 될 것이오. 황룡무가와는 연이 있으니 그쪽을 통해서 알려오겠지……. 내 딸이라는 사실은 숨겨줬으면 하오. 그러면 미안하지만, 이만 여기서 나가줘야겠소."

"설마 지금 당장 말입니까?"

"그렇소."

피월려는 어안이 벙벙했지만, 본시시의 어투는 진심이었다. 그는 그의 하체에 감은 류서하의 겉옷을 잡아 보이며 말했다.

"이 꼴로 말입니까?"

"상옥곡에는 남의가 없소. 그리고 그대가 입었던 옷은 전투 중 넝마가 되었소."

"하지만 옷도 없이 어찌 밖을 돌아다니라는 겁니까?"

"그대 사정이오. 그것은 생명을 구한 값으로 싼 편이오. 더는 이곳에 그대가 있다는 것을 들킬 수 없으니, 서둘러 나가주시오. 진설누를 부르겠소. 그녀가 와서 곧 나가는 길을 안내할 것이오. 그녀도 마지막으로 그대를 보고 싶다더군."

"......"

"그럼 부탁드리겠소. 아, 그리고 한 가지 더."

"말씀하시지요."

"지난 이십 년간 이 부탁을 한 건 이번이 세 번째이오. 전의 두 마인은 모두 소식이 끊겼소. 어찌 된 일인지는 모르지만, 이 사실은 알아두는 것이 좋을 것이오. 그러면 행운을 빌겠소."

그렇게 말한 후, 본시시는 그냥 밖으로 나가 버렸다.

*   *   *

본시시가 피월려를 얼마나 내쫓고 싶었는지, 진설누는 반각도 지나지 않아 찾아왔다.

그녀는 여인의 겉옷으로 하체만 가린 그를 보며 인사를 건넸다.

"괜찮으세요?"

피월려는 어깨를 들썩였다.

"극양혈마공은 양공이오. 기운만 통제할 수 있다면 외상은 금방 치료되오."

실제로 그가 입은 외상은 이미 완치에 가까운 수준으로 회복되어 있었다.

양기는 기본적으로 몸의 활동력을 높이니, 회복력까지 덩달아 올라간 것이다. 하지만 마공은 마공. 그만큼 그 부분은 노쇠한다.

진설누는 손에 들고 있는 것을 피월려에게 주었다. 그것은 평범한 백의였다.

"그나마 있는 건 이것밖에 없어요. 오래되어 쉰내가 나지만, 그 정도는 참으셔야 할 거예요."

확실히 코를 가져다 대지 않아도 쉰내가 풍길 정도였다. 피월려는 하는 수 없이 그 옷을 받았다. 그러자 진설누는 방 밖으로 나갔다. 옷을 입고 나오라는 것이다.

피월려는 빠르게 옷을 갈아입고, 밖으로 나갔다. 그러자 눈을 찌르는 듯한 햇볕이 하늘에서 내리쬐었다.

극양혈마공은 즉시 반응했고, 피월려는 속이 거북해지는 것을 느꼈다.

이틀 동안 먹은 것도 없는데 빈속이 거북할 리는 없을 터.

내공의 이상이 생긴 것이다.

그가 진설린과 음양합일을 한 지 벌써 나흘째가 되었다.

중간에 진설누와 음양합일을 하고 또한 지금까지 천음지체인 북경제일미에게서 음공으로 음기를 제공받았다고 하지만 둘 다 극음귀마공을 모르는 이상 완전히 극양혈마공을 진정시킬 수는 없었다.

당장은 괜찮을지 모르나, 이대로 태양 아래서 활동하다가는 어떻게 될지 모를 일이다.

그런 피월려의 근심을 읽었는지 진설누가 물었다.

"정말 괜찮으세요? 아직 아프신 것 같은데."

어차피 진설누가 해줄 수 있는 것은 아무것도 없다. 피월려는 겉으로 내색하지 않으며 주변 환경을 둘러보았다.

"괜찮소. 그런데 무슨 동굴인 줄 알았는데, 의외로 정상적인 곳이오?"

피월려가 그렇게 생각한 것도 무리는 아니었다. 그가 있던 방은 조금의 햇볕도 들어오지 않았으니, 그는 자동적으로 지하나 동굴을 머릿속으로 떠올린 것이다.

그런데 나와서 주변을 둘러보니, 조금 듬성듬성해도 제대로 생긴 전각들이 옹기종기 세워져 있었다.

신비문파라 해서 건축물까지도 뭔가 매우 특수할 것이라 생각했는데, 그런 점은 전혀 찾아볼 수 없었다.

진설누도 그의 시선을 따라가며 말했다.

"안에서 보기에는 평범한 산마을처럼 보이긴 해도, 그건 안에서 보기 때문에 그런 거예요. 조금만 언덕 위로 올라가시면 이 모든 광경이 나무에 의해서 전부 가려지죠. 외부인이라면 매우 가까이 오지 않는 이상, 이런 곳이 존재한다는 것을 볼 수 없어요."

"진법 같은 것이오?"

"자연적인 진법이겠죠."

"흐음……. 특이한 곳이요. 소저는 이런 신비한 곳을 어떻게 알게 되었소?"

"언니 때문에요."

"언니라면……. 린 매 말이오?"

"네. 천음지체를 타고난 언니는 어릴 때부터 몸에 이상이 생기기 시작했어요. 그래서 방 안에만 갇혀 지냈는데, 그 치료법을 찾기 위해 가문에서 전 중원을 수소문했죠. 그때는 언니가 천음지체라는 것을 몰라서 그냥 질병인 줄 알았거든. 그러다가 우연히 이곳을 발견했는데, 여기 곡주께서 언니를 한 번 보시고는, 천음지체임을 한눈에 파악하셨죠."

"아하……. 그렇게 연이 닿았던 것이오?"

"상옥곡의 무공은 전부 여인을 위한 것이에요. 그래서 여인의 무공이 상당히 발전했는데, 그중 천음절맥의 음기를 다스리는 데 좋은 무공이 있었어요. 언니가 익히기에는 이미 너무 늦어버려 익힐 수 없었지만, 그래도 그 기운을 공급받기 위해서 요양차, 일 년에 한 번씩 이곳에 왔었죠."

"그랬었군."

피월려는 고개를 살짝 숙이고는 생각에 잠겼다. 무언가 골똘히 생각하는 것 같아 방해하고 싶지 않았지만, 진설누는 그를 재촉하지 않을 수 없었다.

"죄송하지만, 우린 지금 나가야 해요."

상념에서 깨어난 피월려가 물었다.

"지금 바로 나가야 하는 것이오?"

진설누의 표정이 어두워졌다.

"곡주님은 상옥곡에 남자를 들였다는 사실을 감추고 싶어 하세요."

"참으로 이상하오. 들어보니 살마백이 나를 보면 남자라는 이유만으로 죽이려 든다고 하던데 그게 무슨 경우이오?"

진설누는 앞장서 걸으며 말했다.

"상옥곡의 이름이 왜 상옥곡인 줄 아세요?"

피월려는 그녀를 따라갔다.

"왜 그렇소?"

진설누가 설명했다.

"상옥(傷玉)이란, 상처 입은 여인들을 뜻해요. 옥에 난 상처는 다시 복구될 수 없듯이 다시는 치료될 수 없는 마음의 상처를 입은 여인들을 우리는 상옥이라 불러요. 상옥곡은 그런 여인들이 뭉쳐서 만들어진 문파예요. 상처를 준 남자에게 복수하겠다는 여인들이 뼈를 갈며 무공을 익히고 또 복수하는…… 그런 곳이죠."

피월려가 물었다.

"상처를 입었다는 뜻은 혹시……"

"맞아요. 강간을 뜻해요."

"……"

"상옥곡은 유린당한 힘없는 여인들에게 먼저 다가가죠. 그리고 그녀들을 불러 그 한을 풀 수 있는 기회를 줘요. 먹이고 입히고 무공을 가르치죠. 하지만 대부분 상옥이 되기 전에 포기하거나 죽어요. 자질을 따지지 않기 때문에 어쩔 수 없는 것이죠. 나약한 여인들이 오로지 남자를 향한 복수심 하나로 버티는 거예요. 그것만으로 남자들도 버티기 힘든 훈련을 겪고 나면, 그들은 상옥이 되어 상옥곡의 일원이 되죠. 중원의 그 누구도 함부로 할 수 없는 일류고수가 돼요."

"그래서 살마백이 하나같이 강한 고수였군. 그런데 왜 그녀들이 마인을 처단하는 것이오?"

"여인을 강간하는 무림인은 대부분이 마인이기 때문이죠. 상옥은 마인을 처단하는 데 관심이 없어요. 그저 자기를 강간한 사내를 찾아내 죽일 뿐이죠. 그런 남자 중 우연히 마인의 비율이 높은 거예요. 한 번은 화산파의 고수를 죽인 적도 있죠. 상옥곡은 흑백을 따지지 않아요."

"그런 사정이……. 그래서 이렇게 험한 곳에 이런 신비문파가 존재했던 것이었군. 참으로 흥미로운 사실이오."

"슬픈 거죠."

"……."

진설누의 목소리는 낮았고 또한 진지했다. 그 순간 피월려는 깨달았다.

그 또한 반강제적으로 진설누와 음양합일을 했으니, 진설누가 마음에 그를 향한 한을 품고 있을지도 모른다는 생각이 들었다.

때문에 그는 꿀 먹은 벙어리처럼 말을 이을 수 없었는데, 진설누가 그의 마음을 눈치채고는 말했다.

"걱정 마세요. 저는 당신에게 한을 품지 않았으니까."

"그래도……. 전에 이젠 자격이 되었다고 내게 말하지 않았소? 그 자격이란 것이 강간을 당하는 것이라면……."

"자격이라기보다는 각오가 생긴 것이죠. 그날 밤에, 당신이 내게 한 말이 생각났어요."

"무엇이 말이오?"

진설린은 잠시 말이 없다가 곧 조용한 목소리로 읊조렸다.

"순결에 무게를 두지 말라는 말이요. 나는 그것을 내 목숨과 바꿔야 한다고 배웠고, 또 그렇게 생각했어요. 그래서 내 목숨을 걸고 그것을 지키기 위해, 그 남자의 혀를 깨물었고, 기회만 된다면 그 남자를 죽였을 거예요. 그리고 당신이 도와주었고, 저는 다행히 순결을 빼앗기지 않았어요. 저는 안도했고, 이젠 그 악몽이 끝났다고 생각했죠. 하지만……."

"하지만?"

"그 숲속에 홀로 있을 때 너무 무서웠어요. 모닥불 곁에서 떠날 때는, 얼마든지 혼자서 이 난관을 헤쳐 나갈 수 있다는 자신감이 가득했었는데, 빛도 보이지 않는 숲속에 홀로 있자 그 자신감은 어디로 사라졌는지 조금도 남아 있지 않았고 오로지 공포감만이 제 마음을 지배했죠. 그리고 그 공포감은 그 남자를 만들었어요. 혀가 잘려 입가로 피를 흘리던 그 남자가 언제라도 나무 뒤에서 튀어나와 나를 덮칠 것 같았어요. 내 순결을 빼앗고 나를 죽일 것 같았어요. 그 남자가 이미 죽었다는 사실을 알고 있었음에도, 그 남자에게 입은 내 마음의 상처는 하나도 치유가 되지 않은 거예요. 아직도 생생해요. 그 남자가 나를 보던 그 역겨운 시선. 나를 만지던 그 더러운 손길……."

"그래서 내게 다시 온 것이오? 그것을 잊기 위해서?"

"잊기 위해서가 아니에요. 오히려 그것을 받아들이기 위해서예요."

"……."

"정면에서 직시하고 싶었어요, 내 상처를. 그리고 각오를 다지기 위해서. 지금도 그 남자가 머릿속에 선명해요. 하지만 두렵지 않아요. 그 남자가 나를 강간하려 했던 그 추악한 기억도, 당신과 하룻밤을 보낸 그 아름다운 기억도, 이젠 나에게는 강해지기 위한 수단일 뿐이에요. 무공도 모르는 내가 한 명의 상옥이 되기 위한 도구로 쓸 거예요."

"……."

"나는 무림인이 되겠어요. 무림인이 돼서, 약자의 설움을 절대로 또다시 느끼지 않을 거예요."

피월려는 가슴이 찢어지는 듯한 기분이 들었다.

그의 머릿속에는 술을 퍼마시며 허무한 눈길로 그를 보고 웃음 짓던 낙양의 대장장이가 보였다.

무림은 수라계다.

피월려는 속내를 숨겼다.

"상옥곡의 훈련이 얼마나 어렵기에, 그 정도로 각오가 필요한 것이오?"

진설누가 대답했다.

"열 명이 시작하면 다섯은 죽고 넷은 포기하며 한 명이 완료하죠."

십분지 일.

대단히 적었다.

피월려가 물었다.

"자신 있으시오? 다른 여인들도 모두 그대보다 더한 한을 품고 있을 텐데."

진설누는 우습다는 듯이 한쪽 입꼬리를 올렸다.

"나는 대황룡무가의 여인이에요. 그 어떠한 집안의 규수보다 귀하게 자랐죠. 제가 가졌던 순결의 의미는 이 세상 그 어떠한 여자가 가진 것보다 더 컸고 무거웠어요. 그것을 난 버렸어요. 그것도 내 스스로. 다른 여인들의 한 따위는 내게 상대조차 되지 못해요. 나는 단순히 복수로 끝나는 삶을 살지 않을 거예요. 다시는 절대로. 절대로 약자가 되지 않겠어요."

피월려는 속으로 한숨을 쉬었다.

현실은 절대 그녀가 생각하는 것만큼 만만치 않다. 지금은 세상을 다 가질 것처럼 말하지만, 막상 눈앞에 어려움이 닥쳐오면 생각이 변하는 것이 사람이다.

피월려는 진설누가 끝까지 훈련을 완료하여 상옥이 되기란 어려울 것이라 생각했다.

그녀 말대로 쟁쟁한 가문의 규수로 귀하게 자란 그녀가 어떻게 일류고수가 될 수 있는 혹독한 훈련 과정을 이겨낼 수 있단 말인가.

"나중에 훈련을 마치고 상옥으로서 일류고수가 되면, 내가 술 한번 사겠소. 뭐, 그때까지 둘 다 살아 있으면 말이오."

"아니요. 제가 사겠어요. 그땐 괜찮은 기녀들도 불러 드리죠."

"……."

"왜, 기녀는 싫으세요? 순결한 여인이 아니면 싫으신가 보죠?"

그렇게 말한 진설누는 슬며시 미소를 지었다.

피월려는 그녀와 전에 순결에 대해서 나눴던 대화를 기억하면서, 그녀가 장난을 친다는 것을 깨달았다. 그는 마주 웃으면서 대답했다.

"나는 순결에 그리 무게를 두지 않소, 진 소저."

"푸훗. 호호호."

진설누는 웃었다. 쾌활하게. 맘껏.

피월려는 작게 미소를 지을 뿐이었다.

*   *   *

한 시진을 걸어 언사에 도착한 피월려는 황량한 풍경에 선뜻 들어가기가 꺼려졌다.

한쪽이 무너져 문(門)이라 하기에도 민망한 대문은 마땅히 있어야 할 문지기조차 없었고, 파락호로 보이는 몇몇의 사내가 그 노릇을 대신하고 있었다.

그들은 지나가는 사람들에게 온갖 인상을 써가며 길을 막아섰고, 동전 몇 푼이라도 기필코 뜯어냈다.

어린아이같이 약한 상대는 오히려 더 윽박지르며 코 묻은 돈도 챙길 수 있는 만큼 챙겼다.

사람들은 그들을 보며 혀를 찼지만, 정작 대놓고 따지는 사람은 아무도 없었고 슬슬 눈치를 보며 피해가기 일쑤였다.

협객도 아니고 살인마도 아닌 피월려는 방관을 선택했다. 보통 걸음으로 문으로 들어가려는데, 사내들이 피월려를 보더니 다른 사람들과 같이 얼굴에 꽉 인상을 쓰며 앞으로 다가왔다.

피월려는 아니겠지 생각이 들었지만, 파락호는 피월려의 예상을 무참히 깨부쉈다.

"어이, 형씨. 우리가 안 보이나?"

피월려는 기가 찼다. 미치지 않고서야 무공도 모르는 파락호들이 그에게 시비를 거는 경우는 없기 때문이다.

아무리 파락호라지만 머리에 달린 눈으로 누구에게 시비를 걸고, 걸지 말아야 할지 잘 봐야 할 것 아닌가?

그렇게 생각한 피월려는 본때를 보여주고 싶은 마음이 앞섰다.

한 명을 평생 불구로 만들어 버리고 살기를 쏴주면 어떨까 하는 상상까지 해보았다. 그런데 문뜩 자신의 모습이 눈에 들어왔다.

쾨쾨한 쉰내가 나는 오래된 옷을 입고, 몇 끼를 굶어서 피부도 창백하다.

무림인의 가장 큰 특징인 무기도 없고, 극양혈마공을 다스리느라 외부로 표출되는 마기도 없었다.

파락호들이 시비를 걸지 않으면 이상한 몰골이다. 그들의 잘못이 아니라는 생각이 들자, 피월려는 한 번의 기회를 더 주기로 했다.

"꺼져라."

마기가 섞인 목소리를 범인이 들을 경우 온몸에 소름이 돋는 공포를 느낀다. 파락호들은 피월려의 당당한 말투에서 은근히 공포를 느끼며 그가 무림인임을 단박에 눈치챘다. 그리고 언제 그랬냐는 듯이 슬금슬금 멀어졌다.

그런데 그들뿐만이 아니었다. 주변에 있던 다른 사람들까지도 화들짝 놀라며 뒷걸음질을 치고 있었다.

어떤 여인은 다리를 바들바들 떨면서 그 자리에 주저앉았고, 한 어린아이는 어머니의 품에 안겨 울음을 터뜨리고 말았다.

언사의 주민들은 최근에 벌어진 낙양흑검의 사건으로 인해서 무림인이라면 치를 떨게 되었다. 한동안 수많은 흑도의 인물이 그곳을 거점으로 이 잡듯 마을 전체를 뒤졌는데, 그 피해를 고스란히 언사의 주민이 받은 것이다.

그나마 남아 있던 군병들도 모두 도망가 버리고 완전히 무법지대가 되어버린 언사는 최근 한 달까지도 무림인에게 고통을 받았다.

그렇게 관심이 식어버린 무림인이 모두 떠나서야 제대로 된 생활을 시작할 수 있게 되었다.

그러니 피월려를 보며 극도로 민감한 반응을 보인 것이다. 머쓱해진 피월려는 머리를 긁적이면서 헛기침을 했다.

그 작은 소리에도 사람들은 놀라며 서둘러 자리를 뜨고 있었다. 그 사실이 못마땅하게 여겨진 피월려는 그 원인을 제공한 파락호들에게 빠르게 다가가 한 명의 멱살을 쥐었다.

"켁, 켁. 사, 살려주십시오. 대인. 제, 제발. 못 알아뵈었습니다."

코를 마비시키는 듯한 입 냄새가 풍겨 나왔다. 고개를 옆으로 돌리며 가래를 뱉은 피월려는 마기를 한층 더 뿜어내며 으르렁거렸다.

"닥치고 돈이나 내놔."

"에, 예?"

"돈 내놓으라고."

파락호는 애처로운 눈길로 자기의 동료들을 보았다. 동료들
은 이미 저 멀리 줄행랑을 치고 있었다. 그는 하는 수 없이 품
속에 있는 전낭을 꺼냈다.

"여, 여기 있습니다."

피월려는 단숨에 그걸 낚아채고는 파락호에게 말했다.

"평소였다면 죽였을 거야. 썩 꺼져라."

"예!"

파락호는 어디서 봤는지, 어설픈 포권을 취해가며 인사하
고는 있는 힘껏 내달렸다. 피월려는 전낭을 열어 돈을 확인했
다.

"꽤 묵직하네. 작은 돈도 모이면 이렇게 되나."

피월려는 주변을 훅 둘러보더니, 곧 한쪽 벽이 무너진 성문
을 통과해 언사로 들어섰다. 그의 얼굴에는 조금의 부끄러움
도 찾아볼 수 없었다.

어렸을 적 기방에서 생활할 때 파락호들에게 당했던 걸 생
각하면 이 정도는 아무것도 아니라는 생각이 들었기 때문이
다. 아니, 오히려 그들을 불구로 만들었으면 하는 아쉬움까지
느꼈다.

물론 실행에 옮기지는 않을 것이다. 그러면 언사에서 너무
귀찮아지기 때문이다.

피월려는 하늘을 올려다보았다. 봄의 태양은 강하지 않았지

만, 극양혈마공은 그것만으로도 충분한 영향을 받았다. 극음 귀마공만이 극양혈마공을 완전히 진정시킬 수 있다.

그래서 그런지 앞으로의 여정이 걱정되었다. 진설린을 만나려면 개봉까지 가야 하는데, 그때까지 극양혈마공이 폭주하지 않을 가능성은 전무하기 때문이다.

진설누에게 했던 것처럼 아무 여인과 음양합일을 하며 버틸 수는 있겠지만 그때마다 희생당하는 여인들은 무슨 죄이며, 그렇게 한들 살아남으리란 보장도 없었다.

그는 언사의 중심까지 걸어갔다. 그리고 가장 큰 객잔을 찾아 들어가 음식을 시켰다.

닭고기와 야채볶음 삼 인분을 홀로 먹어 치운 그는 방까지 빌렸다.

언사에서 가장 좋은 객잔조차 아직 낙양흑검 사건의 후유증에서 벗어나지 못했는지, 방의 수리가 완전히 끝나 있지 않았다.

가구 중 반은 박살 나 있었고, 그나마 잠을 잘 수 있는 침상만 새것으로 교체가 되어 있었다.

아무렇게나 겉옷을 벗어던진 피월려는 침상에 누웠다.

극양혈마공의 특성상 낮에 움직이는 것보다 밤에 움직이는 것이 훨씬 이롭기 때문에, 해가 지는 시각까지 잠을 청하려 한 것이다. 그는 몸의 기운을 다스리며 곧 곯아떨어졌다 그렇게 몇 시진이 지났을까? 햇빛의 영향에서 완전히 벗어난 시간이 되었을 쯤, 피월려는 잠결에 어떤 기척을 느꼈다.

잠에서 깨어나기 싫은 욕망과 위험을 알리는 신호가 마음속에서 잠시 잠깐 싸웠고, 곧 일어나는 것을 선택했다.

그는 눈을 뜨고 침상에서 일어나 기감을 활짝 열었다.

뚜벅뚜벅.

익숙한 기운. 익숙한 발걸음.

피월려는 믿기 어려웠다. 하지만 그에게 확신을 주듯, 방문이 활짝 열리며 진설린이 그 황홀한 자태를 뽐내었다.

극양혈마공은 자신의 짝을 찾아서 갑자기 들끓듯 흥분했고, 피월려는 그 기분을 고스란히 느꼈다.

진설린은 그의 방에 조심히 들어오더니 방문을 닫으며 말했다.

"역시 여기 계셨군요."

피월려는 천상의 선녀와도 같은 진설린의 아름다움을 다시한번 느꼈다.

진설누와 비슷한 얼굴을 가지고 있었지만, 절대로 넘을 수 없는 차이가 보였기 때문이다. 아무리 인간이 아름답다고 하나, 선녀의 것과 비교할 수는 없다.

피월려는 들뜬 마음을 가다듬으며 물었다.

"여긴 어떻게 찾아오셨소?"

진설린은 구름 위를 걷듯 가벼운 발걸음으로 총총 다가와 옆에 살포시 앉았다.

"전 월랑의 위치를 알 수 있다니까요? 극음귀마공과 극양혈마공의 영향으로 말이죠. 전에도 이렇게 찾아왔잖아요? 그때처럼 기방일 거라 생각했었는데, 의외로 평범한 객잔이네요?"

"뭐… 그렇게 되었소."

"흐응? 지금까지 여인을 품지 않고 견뎠다고 하기에는 극양혈마공이 너무 안정적인 것 같은데…… 이상하네."

의심스러운 눈초리로 바라보자 피월려는 시선을 거두며 변명했다.

"혈적현이 마단을 주었었소. 극음의 기운을 담은 것으로, 다행히 지금까지 견딜 수 있었소."

"아무리 마단이지만, 이 정도는 불가능할 텐데……."

"그, 그리고 더 있소. 진설누 소저와 도주하는 도중에 상옥곡에 가게 되었소. 그곳에서도 음기를 제공받았었소. 무, 물론 음양합일이 아닌 음공(音功)이었소만."

그의 변명에도 진설린의 눈가는 점점 날카로워질 뿐이었다. 진설린은 손을 싹 뻗어서 피월려의 가슴에 올려놓았다.

강시의 차가운 피부는 피월려의 뜨거운 가슴을 빠르게 식혀 나갔다.

곧 진설린이 입술을 삐쭉 내밀며 말했다.

"다른 천음지체를 만났군요?"

"그, 그걸 어떻게?"

"천음지체의 음기는 세상 그 어떤 음기와도 확연히 달라요. 극음귀마공으로 음기를 다룰 수 있게 된 나는 그 정도는 얼마든지 구분할 수 있어요. 누구예요?"

"안 잤소."

"거짓말 마요."

"말했잖소. 음양합일이 아니라 음공이었다고. 내가 기절해 있는 동안, 옆에서 옥소를 연주하며 음기를 전해주었을 뿐이오."

진설린은 용처럼 콧바람을 내면서 피월려를 째려보았다. 그러고는 말했다.

"정말이죠? 다른 천음지체랑 잔 거 아니죠?"

"정말이오."

"흐음……."

"정말이오."

"알았어요, 믿어드릴게요. 그런데 다른 천음지체는 누구였어요?"

"류서하란 이름을 가진 여인이었소. 북경제일미로 알려진 여인이오. 그녀가 왜 상옥곡에 있었는지는 모르지만, 그녀가 내 몸속의 극양혈마공을 진정시켜 주었소."

"류서하라면……."

"아. 그 소저가 린 매를 잘 안다 했소만."

"친해요. 둘 다 천음지체다 보니, 남들이 이해하지 못하는
걸 서로 이해해 주었죠. 일 년에 한 번……. 그것도 총 세네
번밖에 보지 못했지만, 그때마다 서로 깊은 대화를 나눴어요.
상옥곡에 가지 못할 정도로 몸이 나빠지고 나서는 지금까지
보지도 못했네요."

"그녀도 린 매를 많이 걱정하는 듯했소."

"아마 그러겠죠. 그녀는 열 살 이전부터 상옥곡의 음공을
익혔거든요. 때문에 저보다는 건강이 좋아, 아파하는 저를 항
상 위로해 줬어요. 그런데 그녀가 아직도 상옥곡에 있었나요?
다른 천음지체인 줄 알았는데……. 그건 이상하네요."

"왜 그렇소?"

진설린은 잠시 생각에 잠기더니, 곧 중얼거리듯 말했다.

"천음지체의 음기가 강해지는 시기는 겨울이에요. 그때는
정말 아무것도 못하고 방 안에만 있어야 하죠. 그나마 밖으로
나갈 수 있는·건 여름에나 가능해요. 그것도 저는 십 대 중반
이 되자 불가능해졌지만요. 그런데 지금 상옥곡에 그녀가 있
다는 뜻은, 겨울도 거기서 지냈다는 말이 돼요. 북경에 있지
않은 것이죠."

"그것이 왜 이상하오?"

"왜냐하면 이번 겨울에 북경에서 류서하의 생일잔치가 있었다고 들었어요. 십팔 세가 되었기에 청혼을 받기 위해서 공개적으로 잔치를 한 것이죠. 그런 자리에 그녀가 얼굴을 보이지 않았을 리 없어요."

"그럼 그 잔치가 끝나고 상옥곡으로 온 것이 아니겠소?"

"그렇다면 이번 겨울이나 봄에 상옥곡으로 왔다는 뜻인데, 그 먼 거리를 천음지체의 몸으로 견딜 수 없었을 텐데요."

"린 매가 말한 대로 천음지체를 완전히 극복한 것일 것이오."

"그랬다면 애초에 상옥곡에 갈 이유가 없잖아요?"

"그건……."

"이상하죠?"

"확실히……."

잠시 골똘히 생각한 진설린은 갑자기 고양이처럼 손을 세우고는 눈을 날카롭게 떴다.

"흥! 월랑. 혹시 거짓말하는 거 아니에요?"

"설마 내가 그렇게 거창하게 거짓말을 하겠소? 진실이오."

"흐응. 의심스러운데……. 뭔가 분명히 있는데……."

"……."

있기는 있다.

하지만 당신 동생과 잤소, 이럴 수는 없지 않은가?

피월려는 식은땀을 흘리며 눈길을 계속 피했고, 진설린은 깡충깡충 뛰면서 피월려의 시선을 따라잡았다.

그런데 갑자기 진설린이 눈을 동그랗게 떴다. 화가 풀린 건가 기대했던 피월려는 순간 가슴이 덜컹거리는 소리를 들어야 했다.

"아 맞다! 설누는요?"

"허흠. 헛허."

"왜 그래요?"

"아니, 순간 사레가 들려서……. 그런데 설누라면 진설누 소저의 행방을 묻는 것이오?"

"그럼요. 설누는 어디 있어요? 월랑을 너무 오랜만에 봐서 기쁜 나머지 동생에 대해서 묻는 걸 깜박했네요."

혹은 동생을 그만큼 신경 쓰지 않는 것이다.

얼핏얼핏 느껴지는 진설린의 차가움은 피월려의 용안을 벗어나지 못했고, 그때마다 속내를 숨겨야 했다.

피월려가 담담하게 말했다.

"진설누는 상옥곡에 남았소."

"에?"

진설린은 믿지 못하겠다는 듯이 피월려를 보았다.

그도 그럴 것이, 그녀는 상옥곡이 어떤 단체이며 그곳에 남는 것이 어떤 것을 의미하는지 잘 알고 있었다.

복잡한 심정과 혼란한 머리가 뒤엉켜 진설린의 눈빛은 의문으로 가득 찼다.

피월려가 설명했다.

"보호하는 와중에 안타까운 일이 있었소. 그래서 그녀는 거기 남기로 했소."

"서, 설마?"

피월려는 어디까지 진실을 이야기해야 할지 고민이 들었다. 전부 다 이야기를 하려면 진설누와 하룻밤을 지냈다는 것까지도 말해야 할 텐데, 진설린이 어떤 반응을 보일지 알 수 없었기 때문이다.

친동생이니 기녀처럼 그냥 넘어가지 않을지도 모른다.

하지만 지금까지 주장하던 건 뭔가? 피월려는 스스로의 감정을 이해할 수 없었다.

만약 그가 진정으로 진설린과의 관계를 단순한 이해관계라고 생각한다면, 이 자리에서 진설누와 함께 음양합일을 했다고 떳떳하게 말하지 못할 이유는 없다.

연인관계도 아니니, 심지어 네 동생과 자도 네가 상관할 바가 아니라고 하면 그만이다.

하지만 그 말은 목구멍까지 올라올 뿐 도통 밖으로 나가려 하지 않았다.

마음을 다잡고 말하려 하면, 죄책감인지 양심인지 모를 놈 때문에 혀가 굳었다.

피월려는 결국 그 일을 숨겼다.

"무당파의 고수가 나와 진설누 소저를 추격했었소. 그런데 그들 중 한 명이 못된 버릇이 있었소."

진설린의 눈이 동그랗게 커졌다. 그녀는 손을 덜덜 떨며 입 가로 가져갔고, 눈의 초점이 흐려졌다.

"아… 아니, 그럴……."

피월려는 그녀의 양어깨를 붙잡고 진정시켰다.

"다행히 순결을 빼앗기진 않았소. 제때 내가 그들을 기습하 여 모두 도륙했소."

진설린의 얼굴이 급변했다. 어두웠던 낯빛은 환하게 변했 고, 얼굴에는 안도감이 가득 찼다.

"하아, 난 또 뭐라고. 다행이네요."

"하지만 그녀는 여전히 상옥곡에 남기로 했소. 그녀 말로는 강해지고 싶다고 했소만."

"……."

"그 일을 통해서 본인의 약함을 혐오하게 되었나 보오. 상 옥이 되기까지 나오지 않겠다고 했소."

진설린은 말없이 고개를 끄덕일 뿐, 어떤 특정한 반응을 보 이지 않았다.

그녀는 그저 침상에 걸터앉은 채로 과거를 회상하듯 조용히 있었다.

피월려는 그 정적을 방해하지 않았고, 반각 정도가 흐르자 그녀가 상념에서 깨어났다.

"잘되겠죠."

간단한 결론.

십분지 일밖에 성공하지 못한다는데…….

피월려는 감정 없이 대꾸했다.

"그럴 것이오."

"호호호. 됐어요. 그러면."

진설린은 박수를 짝 하고 치더니 갑자기 피월려의 앞에 섰다.

그러고는 배시시 웃었다. 진설누를 향한 모든 감정을 완전히 정리한 듯 보였다.

그녀의 눈은 욕정으로 빛나고 있었고 미소에서 색기가 물씬 풍겨 나왔다.

무엇을 의미하는지 피월려는 충분히 알 수 있었다.

피월려는 말했다.

"누추한 곳인데, 자리를 옮기겠소?"

진설린은 고개를 도리도리 흔들었다.

"어차피 이 주변엔 정상인 데가 없어요."

그녀는 피월러에게 안겨들면서 귀에 속삭이듯 말을 이었다.

"반 시진 안에는 돌아가야 하니, 시간이 없어요."

"……"

"<u>호호호</u>."

제사십구장(第四十九章)

음양합일이 끝나고 그들은 객잔에서 나왔다.

간만에 완전히 안정성을 되찾은 극양혈마공은 피로한 피월려의 육체를 완전히 복구했다. 상한 기혈과 지친 근골을 어루만지고 그의 생기를 북돋았다. 오랜 갈증을 해소한 것 같은 상쾌한 기분이 피월려의 전신에 흘러넘쳤고, 이는 맑은 혈색으로 나타났다. 눈빛 또한 맑았고 마기가 새어나오지 않아, 얼핏 보면 무림인 같지 않았다.

진설린 또한 오랜만에 공급받은 양기로 강시의 몸에서 찾을 수 없는 체온이 살아났다. 하얀 그녀의 피부에 항상 머물던 한기가 온데간데없고, 사람의 온기가 느껴졌다.

면사를 쓴 그녀는 피월려의 팔을 잡고 앞장섰다. 어둑어둑한 시간이라 치안이 엉망인 언사의 거리에는 사람이 별로 없었는데, 그나마 있는 사람들도 그들을 향해 별다른 시선을 보내지 않았다. 무기도 없고 마기도 풍기지 않는 피월려나 얼굴을 가리고 성큼성큼 걷고 있는 진설린은 무림인으로 의심할 만한 부분이 전혀 없었기 때문이다.

물론 외인임은 확실히 표가 났다. 무림인이 모두 빠져나간 언사에는 언사의 주민 외에 남은 사람이 없었다. 그러나 그들이 외인임을 앎에도 아무도 시비를 걸지 않았다. 주민들은 시비를 걸 이유가 없었기 때문이고, 파락호들은 대문에서의 소문을 빠르게 듣고 피월려가 무림인인 것을 알고 있었기 때문이다.

따라서 그들은 꽤나 짧은 시간 안에 목적지에 당도할 수 있었다. 허름하고 크기가 큰 건물이었는데, 겨울 동안 완전히 방치되었는지 폐가로 보일 지경이었다. 풍겨지는 은은한 마기를 느끼며 피월려는 그곳에 천마신교의 마인이 있으리라 짐작했다. 진설린이 먼저 들어갔고, 피월려도 따라 들어갔다. 그런데 그곳에서 뜻밖의 인물을 만났다.

"허, 정말이군요. 피 대원께서 정말로 언사에 계셨다니."

구양모는 막 입에 가져간 고기를 씹으며 말했다. 그 외에

열 명 정도가 되는 인물이 그 주변에서 삼삼오오 모여 식사를 하고 있었는데, 모두 마기가 느껴지는 마인이었다.

진설린은 자기의 가슴을 탕탕 쳐 보이며 걸었다.

"제가 말씀드렸잖아요. 월랑이 이곳에 있을 거라고."

"그렇군요. 의심한 점, 사과드립니다."

구양모는 자리에서 일어나 포권을 취했다. 그러고는 고개를 들어 피월려를 보는데 기분이 묘하게 나빠지는 미소를 짓고 있었다. 피월려는 형식상 포권을 취했다.

"반갑소, 구양모 단주. 보아하니, 린 매의 보호를 구 단주께서 하신 것이오?"

구양모는 다시금 자리에 앉아, 식탁 위에 놓인 잔을 들어 입을 축였다.

"그렇습니다. 제3단의 몇몇을 추려 개봉까지 진설린 소저를 호위하라는 것이… 대주께서 내린 명이었습죠. 식사는 하셨습니까?"

피월려는 거절하려 했지만 진설린이 먼저 손을 번쩍 들어 보이며 쾌활하게 말했다.

"나 할래요!"

너무나 어린아이 같은 모습이었지만 구양모는 아무렇지도 않게 손을 뻗어 한 자리를 태연하게 가리켰다. 그녀의 천진난만함에 내성이 생긴 것 같았다.

"저쪽에 자리가 비니 앉으십시오. 음식을 내오라 하겠습니다."

진설린은 쪼르르 달려가 자리에 앉았다. 하지만 피월려는 우두커니 서서 구양모를 바라볼 뿐이었다. 그도 그럴 것이 구양모는 전에 피월려와 생사혈전을 하려 했다. 서로 목숨을 걸고 싸우자던 사내를 믿을 수 없는 것은 당연했다.

구양모도 그 생각을 눈치챘는지, 피월려가 뭐라 묻기도 전에 자신의 입장을 설명했다.

"명령 수행 중에 생사혈전을 신청할 정도로 정신 나간 놈은 아닙니다."

피월려는 단호한 목소리로 말했다.

"믿을 수 없소만."

그의 말 한마디에 그 자리에 있던 모든 마인이 하나같이 식사를 중지했다. 구양모를 단주로 따르는 단원들이니, 시비를 거는 듯한 말을 하는 피월려에게 무언의 압력을 주기 위해서였다.

구양모는 어깨를 들썩였다.

"그럼 어떻게 하면 믿으시겠습니까?"

"검을 하나 내어주시오."

"그거면 됩니까?"

"물론이오."

구양모의 눈꼬리 하나가 반쯤 감겼다.

피월려의 말을 잘 생각해 보면, 검만 있다면 구양모가 임무 도중 생사혈전을 청하든 말든 자신 있다는 말과 일맥상통한다. 좀 더 과하게 해석하면 구양모를 무시하는 것이다. 진실이 무엇이든 구양모는 그렇게 들었다.

그는 치아 사이에 낀 이물질을 빨며 입술을 마구잡이로 비틀었다. 그러면서도 시선은 피월려에게 고정했다. 피월려도 그 시선을 피하지 않으며 가만히 서서 마주 보았다.

둘 중 누구도 마기를 겉으로 내뿜지 않았다. 하지만 그 사이에 묘한 긴장감이 흐른다는 것은 진설린조차도 눈치챌 정도였다.

결국 구양모가 먼저 시선을 돌렸다.

"삼소!"

이름을 부르자 조금 멀찍한 곳에 앉아 있던 남자가 급히 몸을 일으키며 후다닥 앞에 달려 나왔다.

"예, 부르셨습니까?"

삼소란 이름을 가진 남자는 포권을 취하며 섰고, 구양모는 물었다.

"최근에 검을 배운다고 들었는데, 검 가지고 왔냐?"

"가지고 왔습니다만."

"피 대원에게 주어라. 어차피 넌 주력이 권공이니 검공으로 실전을 쌓는 건 나중에 해."

"존명!"

삼소는 계단으로 뛰어가더니 보법을 방불케 하는 걸음으로
쏜살같이 위로 올라갔다. 그리고 곧 양손에 검 하나를 들고
아래로 내려와 피월려에게 다가왔다.

"여기 있습니다."

장대검(長大劍).

등에 메야 할 정도로 길이가 긴 검을 장검이라 하며, 양손
으로 사용해야 할 정도로 무거운 검을 대검이라 하는데, 이
둘의 특성을 모두 갖춘 검을 장대검이라 한다. 양손으로 휘두
르기 위해서 손잡이가 큰데, 그만큼 무겁고 길이가 길어 사용
하기가 무척 까다로운 검이었다.

피월려는 무림인 중 장대검을 사용하는 사람을 본 적이 없
었다. 왜냐하면 장대검을 무기로 쓸 만큼의 근력을 갖춘 사람
은 당연히 대도(大刀)를 쓰기 때문이다. 무게가 무거운 것은
찌르기보다 베기에 적합하다는 건 어린아이도 아는 상식이다.

피월려는 구양모가 그를 골탕 먹이기 위해서 일부러 장대검
을 내주었다고 생각했다. 그도 그럴 것이, 하고많은 검 중에서
굳이 장대검을 주었을까? 유치하다는 생각이 들어 구양모를
흘겨보았는데, 그는 비웃음을 담은 표정을 짓고 있었다.

과연 네가 장대검을 쓸 수 있나 보자.

그런 눈빛이었다.

피식 웃은 피월려는 다시 삼소란 사람을 물끄러미 보았다. 구양모의 생각처럼 장대검은 쉽게 다룰 수 있는 것이 아니기 때문에 삼소가 왜 이것을 쓰는지 궁금했다.

삼소는 키도 체격도 보통이다. 그토록 무거운 것을 다룬다는 뜻은 아마 익힌 무공이 근력을 향상하는 데 큰 이점이 있는 것이 분명했다.

"장대검은 대성하기 힘드오. 왜 이것을 익히는 것이오?"

다소 개인적인 질문이지만 삼소는 즉시 대답했다.

"저는 선천적으로 타고난 괴력을 십분 발휘하기 위해 권공을 익혔습니다만, 최근 발경을 공부하는 중에 검을 익혀봐야겠다는 생각이 들었습니다. 그런데 거친 권공과 다르게 극도의 세밀함을 요구하더군요. 따라서 제 힘을 죽일 필요가 있었습니다."

힘을 죽인다는 말을 피월려는 즉시 이해했다. 극양혈마공으로 얻은 넘치는 힘을 그도 주체하지 못할 때가 있었기 때문이다. 그가 또다시 물었다.

"그래서 이리도 무거운 장대검으로 검공을 익히려 한 것이오?"

삼소는 헛웃음을 지었다.

"다른 검들은 너무 가벼워서 아무리 집중해도 검끝이 달달

떨리더군요. 하지만 이놈을 들고 있으면, 뭐랄까… 고요해집니다."

"……."

"그 고요한 생태로 검공을 익히니 효과가 컸습니다. 근력을 모두 잡아먹는 괴물이지만, 그 때문에 기름기가 쫙 빠진 상태로 검공을 익힐 수 있었습니다."

피월려는 그의 말을 듣고 잠시 상념에 빠졌다. 하지만 즉시 깨어나 중얼거리듯 말했다.

"좋은… 표현이오. 덕분에 다루기 쉬워졌다는 생각이 드오."

피월려는 한 손을 뻗어 장대검의 손잡이를 잡았다. 삼소는 절대로 그것을 한 손으로 들지 못할 것이라 생각했기 때문에 걱정되는 마음이 앞섰지만, 피월려는 조금의 흔들림도 없이 검을 높이 뻗어 올렸다.

그 광경을 본 모든 마인이 하나같이 입을 벌렸다. 장대검은 좀처럼 볼 수 없는 특이한 검이라 한 번쯤 장난삼아 들어본 경험이 다들 있었다. 물론 그들도 다 들 수는 있었다. 하지만 피월려처럼 고요하게 유지하며 들 수 있던 사람은 아무도 없었다.

구양모조차 벌려진 입을 다물지 못했다. 그 또한 검을 들었을 때 안간힘을 내며 바들바들 떨었기 때문이다. 하지만 피월려는 마치 보통의 철검을 드는 것처럼 쉽사리 움직였다. 그뿐만이 아니었다.

부— 웅, 부— 웅.

허공을 휘두르며 그 자리에서 검을 시험하고 있었다. 긴 길이와 무거운 무게 때문에 바람 소리부터 달랐다. 마치 큰 짐승이 성내어 울부짖는 것 같았다.

이번에는 양손으로 잡고 휘둘렀다. 그러자 더욱 거센 검풍(劍風)이 일어나며 주변 식탁이 흔들렸다. 만족한 미소를 지은 피월려는 검을 등에 메고는 삼소에게 말했다.

"귀히 쓰겠소."

삼소는 얼이 빠져 있다가 정신을 차리고는 곧 포권을 취했다.

"아닙니다. 피 대원에게 바치게 되어 영광일 뿐입니다."

"영광은 무슨."

피월려는 그렇게 말하고는 진설린이 있는 곳으로 향했다. 삼소는 그의 뒷모습을 뚫어져라 보았는데, 눈동자에는 묘한 빛이 감돌았다. 그는 옆에 있는 구양모에게 고개를 돌려 급히 말했다.

"구 단주님. 잠시 올라가 봐도 되겠습니까?"

"왜?"

"급히 명상하고 싶은 것이 생겼습니다만."

"…가봐."

"존명."

삼소는 또다시 재빠른 걸음으로 위층으로 올라가 버렸다. 구양모는 무엇이 마음에 들지 않는지 인상을 팍 쓰더니, 앞에 있는 잔을 들어 물을 벌컥벌컥 마셔댔다.

*   *   *

여행길은 매우 편안했다. 열 개의 마차와 진설누의 마차, 이 두 미끼를 먼저 보내놓고 이미 정리된 길을 걸어가니 편안하지 않을 수가 없었다. 바쁠수록 돌아가라고, 굳이 진설린이 시일을 맞춰 갈 필요는 없으니 적들로 하여금 오인할 수 있는 미끼만 던져놓고 나중에 가는 계획이 제대로 먹혀들어 간 것이다.

멀리 개봉의 모습이 보이자, 진설린이 한껏 상기된 표정으로 피월려에게 다가와 재잘거렸다. 기억이 까마득할 정도로 오래전에 와본 것을 제외하면, 그녀는 개봉을 처음 온 것이나 다름이 없었다. 황도로써 계획된 도시이자 전 중원의 중심지가 되는 개봉을 구경하는 것이 큰 기대가 되는 듯했다.

하지만 피월려는 다른 생각을 하느라 진설린에게 일일이 답할 수 없었다. 진설린은 질문을 퍼붓다가 피월려가 건성으로 대답하는 것을 알아채고는 곧 입을 다물었다. 토라진 것인데, 그것조차도 피월려가 몰라주자 이젠 화를 내려 하고 있었다. 그것도 모르는 피월려는 상념에서 벗어날 생각을 하지 않았다.

거대한 성문이 보이고, 그것을 중심으로 하늘을 막아선 듯한 높은 장벽이 북남으로 뻗어 있었다. 개봉이 계획된 도시인 만큼 외부 세력의 침공을 막아내기 위해서 인위적으로 건설된 성벽이었는데, 완성하는 데 총 삼십 년이란 세월이 걸렸다.

그것은 낙양보다 세 배나 큰 개봉 전체를 둘러싸고 있는데, 총 스물네 방향으로 성문이 있었다. 피월려와 일행이 도착한 곳은 스물네 개의 성문 중 가장 사람들이 많이 움직이는 서문이었다.

황도 개봉(皇都 開封).

사람의 키보다 큰 활자가 적힌 현판은 눈을 가늘게 뜨고 봐야 할 정도로 높은 위치에 있었다. 거침없는 붓글씨는 황도의 위엄을 대변하고 있었는데, 태조 혈운제가 직접 썼다는, 전설 같은 얘기가 전해지고 있었다.

그 아래로는 큰 마차 다섯 대가 동시에 지나가도 전혀 문제가 없을 만큼 넓은 문이 있었다. 그러나 통로를 구분하여 사람들이 걸어 다니는 곳과 말을 탄 사람들이 들어오는 곳, 그리고 마차가 다니는 곳으로 나누어두었다. 마차나 짐차 같은 경우에는 여지없이 검사를 했지만 사람들은 자유롭게 드나들고 있었다. 날카로운 눈빛으로 사람들을 훑어보는 수문장이 무작위로 사람을 뽑아 옆에 세우고 검사하는 방식으로 관리했다. 오가는 사람이 너무 많아 어쩔 수 없는 듯 보였다.

피월려와 일행은 모두 걸었지만 진설린은 말을 타고 있었다. 원래라면 사람들 사이에 섞여 들어가는 것이 원칙이지만 진설린 때문에 말이 통과하는 쪽으로 가야만 했다. 그들이 모여서 통과하려 하자 수문장이 손을 들어 제지했다.

"보아하니 무림인들 같은데. 그대들에게는 안 좋은 소식이 있소."

수문장은 예의를 지키며 말했다. 사람의 출입권은 수문장의 절대적인 권한이니 일행 중 누구도 그에게 함부로 할 수 없었다. 구양모는 귀찮은 일이 벌어지지 않았으면 하는 마음에 최대한 공손히 물었다.

"무엇입니까, 대인?"

수문장은 턱수염을 쓸며 말했다.

"무림대회의 예선전이 어제부로 끝났소. 더 이상 참가를 받지 않겠다는 것이 황궁의 지시이오."

"그러면 황도에 무림인이 머물 수 없는 겁니까?"

"그것은 아니오. 무림대회가 끝나기까지는 말이오."

"그렇다면 어찌하여 대인께서 저희의 출입을 제지하시려는 겁니까?"

"무림인이 황도에 머무는 것은 허가되나, 입성은 자제시키라는 명이 있었소."

"……."

즉, 황도에서 점차적으로 무림인의 숫자를 줄이겠다는 것이다. 구양모는 할 말을 찾지 못하고 눈알을 굴릴 뿐이었다. 마땅한 이유라면 진설린의 정체를 말하는 것인데, 그녀의 정체가 발각되지 않도록 하라는 나지오의 명령이 있었다.

그때 성 안쪽에서 누군가 소리를 질렀다.

"수문장! 어이! 수문장!"

노인의 목소리로, 얼핏 들으면 미약한 목소리지만 이 많은 군중 속에서 똑똑히 들리는 점을 생각한다면 참으로 이상하지 않을 수 없었다.

수문장은 고개를 돌려 자기를 부른 한 노인을 보았다.

"문 어르신이 아니십니까? 아, 그러면 혹 이분께서……."

수문장은 놀란 눈치로 진설린을 보았다. 면사를 쓰고 있었기 때문에 얼굴을 확인할 수는 없지만 그녀의 정체를 완전히 알아차린 듯했다.

문 어르신이라 불린 노인은 절로 기분이 좋아지는 듯한 함박웃음을 지으며 수문장에게로 왔다. 노인은 한눈에도 예순은 되어 보일 정도로 나이가 많았다. 그는 친근하게 수문장의

어깨를 몇 번 치고는 귀에 뭐라고 속삭였다. 그러자 수문장은
고개를 끄덕이고는 진설린을 향해 경례했다.

"몰라뵈었습니다."

진설린은 조용히 대답했다.

"아니에요."

수문장 뒤에 선 일반 군병들은 수문장이 뭐라 명하기 전에
눈치껏 길을 터주었다. 문 어르신이라 불린 노인은 구양모에게
다가왔다.

"자네가 피월려인가?"

"아닙니다. 피 대원은 바로……."

노인은 구양모의 말을 듣지도 않고 몸을 돌려 버렸다. 그러
고는 피월려를 정확히 짚으며 말했다.

"이자겠군. 좋아. 자네만 나와 앞에서 걷고, 나머지는 뒤에
서 따라오게. 그럼 수문장! 수고가 많으이! 언제 한번 우리 객
잔에 들리게. 내 군병들에게 크게 쏨세!"

수문장은 고개를 조아리며 그 노인에게 경례했다.

"아닙니다, 문 어르신. 살펴 가십시오."

"허허허."

너털웃음을 터뜨린 노인은 앞서 걸어갔다. 피월려는 그를
바짝 쫓아 걸었는데, 성안의 풍경을 보고 잠시 걸음을 멈추지
않을 수 없었다.

성벽과 성문이 황도의 위엄을 말해준다면, 성안의 풍경은 황도의 화려함을 보여주고 있었다. 이제 막 성문을 지났을 뿐인데 낙양의 존양에서나 볼 수 있을 법한 집채가 차고 넘쳤다. 기본이 삼 층이고, 십 층이 넘는 것도 있었다. 어느 건물의 한 층은 외벽이 없어 속에서 사람들이 먹고 마시는 광경이 그대로 보였는데, 마치 공중에 떠 있는 회랑처럼 보였다. 낙양에서 고급스럽다고 생각한 전각들이 어디서 영향을 받았는지 확연히 알 수 있었다.

뿐만 아니었다. 바닥은 흙으로 된 부분보다 돌로 된 부분이 많을 정도로 길이 잘 닦여 있었다. 마차가 다니는 마로가 따로 있었고, 허름한 것부터 고풍스러운 것까지 빠르게 이리저리 움직이고 있었다. 가마를 끄는 사람도 있었고 수레를 끄는 사람도 있었다.

이곳저곳 보이는 운하는 인위적으로 만든 것으로, 핏줄처럼 도시 곳곳으로 퍼져 있었다. 물품을 실은 여러 상단의 배가 도시 깊숙한 곳까지 운행되고 있었다. 때문에 목조 구조로 된 홍교(虹橋)가 더러 보였고 교각 위에 있는 사람들은 뱃사람들을 위해 방향잡이를 해주고 있었다.

사람들은 어떠한가? 평생 한 번 볼까 말까 한 다양한 인종이 각각의 문화를 대표하는 옷을 입고 아무렇지도 않게 대로를 활보하고 있었다. 목에 뱀을 감은 남인부터 키가 큰 색목인 상인, 그리고 그들을 상대하는 한인들도 보였다. 말부터 시작해 소, 낙타는 말할 것도 없고 심지어 코끼리까지 심심치 않게 눈에 띄었다.

"황도는 처음인가? 하기야, 무림인이 황도에 들어와 봤을 리가 없지."

피월려는 노인의 말에 정신을 퍼뜩 차렸다.

"마치 다른 세상에 온 것 같습니다."

노인은 껄껄 웃으며 답변했다.

"대운제국의 황도, 개봉은 처음부터 계획되어 만들어졌네. 그리고 왕권이 별 탈 없이 지금까지 지속되다 보니 자연스럽게 발전할 수밖에. 저기 보이는 것이 뭔지 아나?"

노인이 가리킨 곳에는 이상한 건축물이 있었는데, 다섯 명 정도 되는 사람이 붙어서 이리저리 살펴보고 있었다. 피월려는 도통 알 수 없어 되물었다.

"무엇입니까?"

"물시계라고, 물을 이용하여 시간을 재는 도구라네. 일 년이 몇 시진으로 정확하게 나눠지는지, 뭐 그런 것들을 계산할 때 사용되어지는 것이네."

"그런 것이 가능합니까?"

"물론. 자, 어서 걷게. 내 황도를 구경시켜 주고 싶은 마음이 굴뚝같지만 우리에게는 할 일이 있지 않은가?"

"······."

노인과 피월려는 앞장서서 걸었고, 뒤에서 진설린과 구양모 일행이 따라 걷기 시작했다. 진설린도 구양모도 정신없이 주변을 구경하고 있었는데, 다행히 길을 잘 따라오고 있었다. 이를 확인한 노인이 옆에서 걷는 피월려에게 먼저 말을 걸었다.

"오는 길에 별다른 일이 없었는가?"

"많았습니다."

"그렇겠지······. 괜한 걸 물었군. 자세한 이야기는 안에 들어가서 하지."

"어르신께서는 누구십니까?"

피월려의 질문에 노인은 자기의 이마를 딱 쳤다.

"아이쿠, 내 정신 좀 봐. 내 소개를 안 했군. 난 이곳 개봉지부의 지부장일세."

처음에는 피월려도 그렇게 생각했었다. 하지만 노인을 옆에서 지켜보니 지부장이 아닌 듯하여 물은 것이다. 피월려는 자기의 의문을 솔직히 말했다.

"지부장으로 보이시지는 않습니다만."

노인은 껄껄껄 웃더니 피월려의 의문을 해결해 주었다.

"내가 무공을 익히지 않음을 이야기하는 것인가?"

"그뿐만 아니라 전체적인 체형조차 무인의 것이 아닙니다."

"그렇겠지. 이 몸은 무공을 잃은 지 삼십 년이 넘으니까."

"예?"

"마공을 잘못 익혔네. 거의 다 죽어나갔지만 나는 운이 좋아서 무공을 잃어버린 수준에서 끝났지. 그 뒤로는 문사(文士)의 길을 잡았네. 믿지 못하겠거든 내 몸을 살펴보게. 마공을 익힌 흔적은 남아 있을 테니까."

개봉지부장은 그렇게 말하면서 한쪽 팔뚝을 내밀었다. 피월려는 그 팔을 덥석 잡고는 손가락을 기혈에 가져다 두어 내력을 불어넣었다. 개봉지부장은 설마 피월려가 진짜로 확인할 줄은 몰랐는지 어이없다는 표정을 지었다. 피월려는 아랑곳하지 않고 그의 몸 구석구석까지 살핀 뒤에 손가락을 뗐다.

"확실히 역혈지체이시군요."

"자네… 의심이 많구먼."

"천성이니 감안해 주시면 감사하겠습니다."

"서찰을 주고받으면서도 그런 느낌을 받았었는데, 실제로 보니 더하면 더했지, 덜하지 않군."

"본교에선 무공으로 직위가 결정되어지는데, 무공을 모르는 사람이 개봉지부장의 자리에 있다는 사실은 충분히 의심이 갈 만한 부분입니다."

개봉지부장은 피월려의 마음을 읽고는 툭 하니 말했다.

"아직도 의심하는가?"

"설명해 주십시오."

"노부를 시험하였으니, 나도 자네를 시험해 보겠네. 율법은 자네가 말한 대로 무공이 강한 자가 상전에 오르게 되어 있네. 그런데 내가 어찌 지부장의 역할을 맡을 수 있었을까? 한번 추리해 보게."

"글쎄요. 제가 모르는 또 다른 율법이 없는 한, 상명하복의 법칙으로는 도저히 개봉지부의 상황이 이해가 가질 않는군요."

"한 가지 조건이 충족된다면 상명하복의 법칙 아래에서도 무공이 없는 내가 개봉지부의 지부장이 되는 것에 아무 모순이 없게 되지."

"그 조건이라는 것이……."

"껄껄껄. 그래서 시험이라는 것이야. 지부에 도착하기 전까지 맞춰보게."

북적거리는 거리. 그곳을 헤쳐 나가면서 피월려는 개봉지부장의 수수께끼를 풀기 위해 생각에 잠겼다. 일각이 흐르고 한 식경이 지났지만, 피월려가 말한 것은 전부 오답이었다. 결국 포기하고 답을 물어보려고 하는데, 문득 주변의 환경이 눈에 들어오기 시작했다.

가장 많이 보이는 것은 상인과 그들의 물품이었다. 그다음은 물품을 지키는 관군들. 원래라면 상인이 각자 돈을 써서 흑도의 낭인을 고용하거나 백도무림의 보호를 받는 것이 다반

사이지만, 황도에서는 관군이 돈 한 푼 받지 않고 개개인의 치안까지 담당한다. 물론 세금을 징수하기 위한 것이지만 사병을 고용하는 것만큼이나 비싸지 않을뿐더러, 도난당할 확률이 극도로 적었기에 장사치들은 이 제도에 만족하고 있었다.

피월려는 당연히 보여야 할 무림인의 부재를 느끼며 수수께끼의 해답을 알 수 있을 것 같았다.

"개봉지부의 모든 마인이 무공을 익히지 않은 것입니까?"

개봉지부장은 허리를 젖히며 웃었다.

"껄껄껄, 자네가 분명히 맞출 줄 알았네."

하지만 피월려의 의문은 완전히 가시지 않았다.

"어째서 개봉지부에는 무공을 익힌 자가 없는 것입니까?"

개봉지부장은 손으로 주변을 가리키며 말했다.

"주위를 보게, 무림인이 없는 것을. 모두 관군뿐이지? 수문장도 말했다시피 무림인은 개봉에 들어올 수 없네. 자치권의 상징인 무림인을 감히 황제가 직접 통치하는 황도에 들일 수 없는 게야. 그러다 보니 개봉에는 무력을 동원할 일이 전혀 없네. 오히려 문사가 활동하기 좋은 곳이지."

황도인 개봉은 황제의 통치를 직접적으로 받는 지역으로, 본래라면 무림인의 출입이 금지되는 곳이다. 황군이 직접 통치하니 다른 세력이 전혀 필요하지 않기 때문이다. 이렇게 큰 황도에, 무림방파라고는 고작 거지들의 문파인 개방이 전부인

이유가 거기 있다. 무림방파 중 개방만이 이익을 추구하지 않는 유일한 방파이기 때문이다.

황도에서는 관과 무림은 서로 상종하지 않는다는 법칙이 가장 실질적으로 적용된다.

개봉지부장이 말을 이었다.

"장사치들의 이해관계나 세력 판도의 정치 싸움 등등. 여기는 검이 아니라 머리가 힘을 쓰는 곳이지. 그거 아나? 개봉지부에서 나는 이익이 중원에 산재한 지부 전체에서 나는 이익의 오 할 이상을 차지하네. 여긴 돈을 얻고 권력을 얻는 곳이지, 무력을 얻는 곳이 아니야."

피월려의 미간이 좁혀졌다.

"어찌하여 힘을 숭배하는 천……."

개봉지부장이 손을 갑자기 뻗어 피월려의 눈앞에 펼쳤다. 피월려는 순간 자기의 실수를 자각하고는 고개를 숙였다. 그러자 개봉지부장이 말했다.

"본 궁이 아무리 힘을 숭배한다고는 하나, 재물의 힘을 무시할 수는 없는 것일세. 본 궁 내부에서는 상관없을지 몰라도, 밖으로 나온다면 이야기가 달라지지. 그리고 본 궁의 숙원은 안에 있는 것이 아니라 밖에 있지 않은가?"

"……."

피월려는 대답하지 못했다. 방금 본인이 한 실수 때문에 최대한 말을 아끼게 된 것이다. 개봉지부장은 앞장서 걸으며 피월려에게 말했다.

"이곳이 개방의 본거지임을 잊지 말게. 거지는 어디에든 있으니."

"명심하겠습니다."

"계획에 대한 논의는 안에 들어가서 하지."

"존명."

개봉지부장은 그 뒤로 천마신교의 일과 관계된 말을 전혀 하지 않았다. 황도의 풍경을 설명하거나 자랑하는 정도로 말을 돌렸고, 피월려도 그 장단에 맞춰 이야기를 진행했다. 누가 보면 황도에 사는 노인이 처음 온 여행객에게 황도를 소개하는 것으로밖에 보이지 않았다.

그들은 그렇게 반 시진이 지나서야 개봉지부에 도착할 수 있었다.

총 십이 층으로 지어진 개봉지부는 황도에서 가장 큰 도박장으로, 천낙금원(天落金原)이라는 이름을 가지고 있었다. 위로 올라가면 올라갈수록 판돈이 커지는 형태로, 손님을 받는 가장 상층인 십 층에서는 금전 이하를 취급도 하지 않을 정도로 판돈이 컸다.

그곳은 한 사단이 동원될 정도로 많은 관군이 지키고 서 있었다. 건물로 따지면 황도에서 가장 많은 세금을 내는 곳이

어서 황궁의 특별대우를 받기 때문이다.

피월려 일행은 십 층까지 올라가며 수많은 사람이 개봉지부장에게 인사하는 것을 목격했다. 모두 허리를 땅 아래까지 숙이듯 깊은 존경을 표했다. 그들에게 있어 개봉지부장은 황도에서 가장 큰 도박장을 소유한 거부 중의 거부였다.

문 어르신이란 이름은 황도에서 모르는 이가 없을 정도였고, 황도에 존재하는 모든 거부의 유흥거리를 담당한다고 봐도 과언이 아니어서 그 연줄 또한 대단했다. 그의 본명은 알려져 있지 않았고 모두 문 어르신이라 불렀는데, 그가 없는 자리에서 그를 칭할 때는 무림인처럼 별호로 불려졌다.

금양노(金洋老).

황제도 그 별호를 안다.

그런데 그런 그가 십일 층부터는 다른 이름으로 불리기 시작했다. 십일 층 이상부터는 더 이상 사람들이 허리를 숙이지 않았고 오로지 포권으로 인사하며 그를 지부장님이라 불렀다. 따라서 피월려는 십일 층부터가 바로 천마신교 개봉지부라는 것을 알 수 있었다.

하지만 그곳에 있는 사람들은 모두 무공을 익히지 않은 문사였다. 마기는커녕 무림인의 기세도 없었다. 피월려는 지부장의 말이 사실임을 알 수 있었다. 개봉지부에는 단 한 명의 무인도 존재하지 않는다.

하지만 저편에서 확실히 마기가 느껴졌다. 피월려는 그곳에 미리 도착한 낙양지부의 무인들이 있을 것이라 예상했다. 지부장은 그들을 그쪽으로 안내했고, 많은 사람이 모일 수 있는 큰 대전이 나왔다.

가장 먼저 눈에 띈 것은 바로 나지오였다. 그는 그의 앞에 있는 매화마검수들의 훈련을 직접 지도하면서 고래고래 고함을 치고 있었다. 연무장도 아닌 곳에서 그러고 있으니 많은 사람이 곁눈질로 그들을 보며 속닥거렸지만 나지오나 매화마검수들은 아랑곳하지 않았다.

나지오는 피월려 일행을 보고는 매화마검수들의 훈련을 멈췄다. 그들은 하나같이 거친 숨을 내쉬면서 피월려에게 고마움의 눈빛을 보냈다.

나지오가 그들에게 걸어왔다.

"오셨군요, 지부장님. 피월려, 간만이다. 그런데 등 뒤에 그 장대검은 뭐야? 무슨 일이 있던 거야?"

피월려는 살포시 웃기만 했다. 나지오는 그가 할 이야기가 많다는 것을 간파하고는 잠시 눈길을 돌려 다른 이들을 보았다.

"구 단주. 오는 길 어땠어?"

구양모는 포권을 취하며 말했다.

"별일 없었습니다, 대주님."

"수고했다. 애들 다 데리고 들어가서 쉬어. 시비에 안내를 받으면 될 거야."

"존명."

구양모와 제삼단은 그렇게 물러갔다. 진설린은 면사를 벗고 나지오에게 인사했다.

"안녕하세요, 나 대주님?"

나지오는 그 미모에 다시금 놀라며 대답했다.

"나야 당연히 잘 있었지. 진 소저도 잘 왔어."

"저도 좀 쉬어도 될까요?"

진설린은 모두에게 그렇게 물었고, 지부장이 대표로 대답했다.

"물론이오. 여봐라, 진 소저를 모시거라."

지부장의 말에 한 시비가 빠르게 다가와 진설린을 모셔갔다. 진설린은 피월려를 흘겨보며 마지막 말을 남겼다.

"이따 봐요."

피월려는 고개를 끄덕였고, 진설린은 그렇게 대전에서 나갔다. 나지오도 고개를 돌려 매화마검수들을 바라보며 말했다.

"운기해. 곧 돌아올 테니까."

"존명!"

매화마검수들이 이구동성으로 존명을 외쳤다. 그러고는 모두 가부좌를 틀고 운기를 시작했다.

피월려와 나지오, 그리고 지부장은 서로를 보았다.

지부장이 먼저 말했다.

"일단 내 방으로 가서 상황을 정리합시다."

"좋습니다."

피월려와 지부장의 눈빛이 차분하게 가라앉으면서 날카롭게 번뜩였다.

*　　　　*　　　　*

개봉지부장의 방은 작았고, 퀴퀴한 노인의 냄새가 났다. 금양노라는 위명에는 전혀 어울리지 않는 초라한 방이었다.

개봉지부장은 피월려와 나지오에게 방석을 주며 적당한 데 앉으라고 했다. 그러고는 차를 꺼내 그 아래 작은 불을 지폈다. 그는 시비 한 명 두지 않아 스스로 모든 일을 했다.

모두 자리하자 먼저 지부장이 입을 열었다.

"피 대원. 우선 왜 이토록 늦었는지 이야기를 해보시오."

"그전에, 적현은 도착했습니까?"

"적현이라면?"

나지오가 설명했다.

"혈 대원을 말합니다."

"아, 그 친구의 이름이 적현이었군. 혈 대원은 이미 도착하여 자초지종을 설명했소."

피월려는 긴 숨을 내쉬었다.

"다행입니다. 무당파의 인물들에게 습격당하지는 않았답니까?"

"그랬다고 했소. 두 명이 따라붙었는데 모두 암살했다 보고했소. 일급살수 출신인 그가 꽤 애를 먹을 정도로 강했다던데, 혹시 무당파의 태극진인이 아니오?"

"맞습니다. 제겐 세 명이 따라붙었습니다."

"어헛, 진설누 소저와 함께 이동하면서 그들을 어찌 상대했소? 진설누 소저가 오지 못한 것을 보면… 그녀를 이용한 것이오?"

"그렇다 할 수 있습니다만, 조금 사정이 복잡합니다."

"설명해 보시오."

피월려는 진설누와의 일을 시작으로 세 명을 죽인 일과 제갈미를 만난 일, 그리고 태원이가와 상옥곡의 이야기까지 말했다. 나지오와 지부장은 상옥곡의 이야기를 들으면서 흥미가 돋은 듯 보였다.

나지오가 말했다.

"이야, 살마백의 문파가 거기 있다니. 상옥곡이라……."

지부장은 턱수염을 만지작거리면서 중얼거렸다.

"그들이 태원이가와 척을 지면서까지 피 대원을 도와준 것은 참으로 의문스러운 점이군. 어째서 그렇게 한 것일까……."

"그들은 백도에 속한 문파가 아닙니다. 침입자는 흑백을 가리지 않고 죽입니다. 저와 진설누를 살려준 이유는, 진설누가 그곳 곡주를 개인적으로 알았기 때문이었을 겁니다."

"그렇다고 태원이가의 인원을 그렇게 도륙할 수 있소? 태원이가에서 가만히 있지 않을 텐데?"

"한 명도 빠지지 않고 죽였을 겁니다. 그러고는 모든 흔적을 지웠겠지요. 지금까지 은밀하게 생활한 문파인 만큼 자취를 감추는 데 탁월한 능력이 있을 겁니다."

지부장은 뭔가 석연치 않은 표정을 지었다. 나지오는 더 중요한 점을 물었다.

"혹 마인임을 들켰어?"

피월려는 눈길을 돌렸다.

"어쩔 수 없었소. 치료하는 와중에 제 몸이 역혈지체라는 것을 알았을 것이오."

"천마신교임은?"

"그건 모를 것이오."

"골치 아프네."

나지오가 머리를 벅벅 긁었다.

피월려는 곡주가 그에게 부탁한 사실을 숨겼다. 곡주는 그녀의 부탁을 받은 마인들에게서 소식이 끊겼다고 말했었다.

즉, 함부로 그 사실을 말했다가는 생명의 위협을 받을 수도 있다는 뜻이다.

그런데 지부장이 미심쩍은 눈빛으로 피월려를 보았다. 오랜 연륜으로 피월려가 무언가 숨기려 한다는 것을 즉시 간파한 것이다. 용안으로 이를 확인한 피월려는 하나 정도 찔러주지 않으면 지부장의 신임을 얻을 수 없다고 생각했다.

하지만 그렇다고 거짓을 하나 만들어내면 그것까지도 간파 당할 수 있다. 피월려는 사실인 것을 하나 골라 억지로 꺼낸 다는 듯이 말했다.

"사실……."

"……."

"……."

"진설누가 그곳에 남았습니다."

지부장이 소리 없는 탄식을 한 뒤 물었다.

"어허… 죽은 것이 아니었소?"

"예."

"그녀가 살았다면 말이 퍼질 수 있소. 그녀는 호마궁이 천 마신교 낙양지부라는 극비를 아는 몇 안 되는 외인이오. 그녀 의 생명을 취하든 아니면 여기까지 데려오든 둘 중 하나를 꼭 했어야 되었소."

지부장은 꾸짖듯 말했지만, 그의 눈빛에 감돌았던 의심은 사라졌다. 피월려는 안심하며 고개를 조아렸다.

"그 부분은 여과 없이 제 실책입니다. 이미 상옥곡에 입곡한 그녀를 거기서 치료받은 제가 함부로 죽이거나 빼올 수 없었습니다. 최악의 경우를 생각한다면, 이미 상옥곡에서는 천마신교 낙양지부의 존재까지도 알고 있다고 봐야 합니다."

"그거 큰일이군……. 전의 이야기에서, 제갈미가 분명 천마신교를 언급했었소?"

"예. 백도무림은 아직 호마궁과 천마신교의 관계를 완전히 눈치채지 못했지만 의심은 하고 있는 상황인 듯 보였습니다."

"이미 천마신교를 의심하는 상황에 상옥곡에서 확답을 들으면 그들은 확신하게 될 것이오. 천마신교가 이 일을 주도하고 있다고 말이오. 그것은 단순히 낙양지부의 문제가 아니라 천마신교 전체에 영향이 가는 부분이오."

"면목 없습니다."

"이거 큰 실수를 하셨군. 처음 서찰로 읽었을 때부터 나이가 너무 어리다 했소. 서 지부장은 어디서 무엇을 하고 계신 것이오? 최소한 박소을 장로께서 직접 이 일을 하셨어야 했소."

"……"

피월려는 아무 말도 할 수 없었다.

나지오는 얼굴을 굳히고는 지부장을 정면으로 응시했다.

"이 일의 전권이 위임된 건 이미 결정된 사항입니다. 또한 피 대원의 임무는 미끼가 되어 백도무림의 시선을 끄는 것. 그 임무는 깔끔하게 완수되었습죠. 낙양제일미가 이곳에 오는 도중 한 번의 어려움도 없었다는 것이 그 증거이죠. 진설누를 죽이거나 개봉까지 데려오라는 명은 없었으니, 엄밀히 말하면 그가 잘못한 것은 아닙니다."

나지오의 몸에서 풍기는 은은한 마기는 위협적으로 보일 정도였다. 하지만 지부장은 안색 하나 변하지 않으며 대답했다.

"그 정도는 상식으로 했어야 하는 일이오."

"천마신교의 마인은 목숨을 걸고 명을 받듭니다. 그만큼 명령 외적인 일에는 아무리 교주님이라 할지라도 책임을 물을 수 없습니다. 지부장께서 직접 임무에 나선 적이 오래되어 잊으신 듯합니다?"

"……."

"이 일에 낙양지부의 지부장님을 거론하신 것은 꽤 실언하신 겁니다, 아시겠습니까?"

나지오는 낄낄거리듯 말하면서도 눈빛을 살벌하게 빛내고 있었다.

지부장이 뭐라 대답하려 했지만 곧 입을 다물었다. 오랫동안 개봉지부에서 문사들을 통솔하다 보니 천마신교 마인들의 생각이 얼마나 단순한지 잊었다는 것을 인정하지 않을 수 없었기 때문이다.

그가 활동할 당시에도 마인들은 무식할 정도로 명령에 충성했고, 그 외에는 극도의 자유를 누렸다.

지부장이 헛기침을 하더니 살포시 포권을 취했다.

"나 대주와 피 대원에게 내가 사과하겠소. 그 일에 피 대원의 잘못은 없소."

피월려도 포권을 취했다.

"아닙니다. 제가 미처 생각하지 못한 부분입니다."

짧은 사과가 오갔다. 피월려도 지부장도 이런 걸로 마음을 쓰는 성격이 아니라 눈빛을 짧게 교환한 것으로 모든 감정을 정리했다.

나지오가 말했다.

"이미 일어난 일은 일어난 일이고, 넘어가죠. 피 후배, 난 그 명봉에 대해서 더 듣고 싶은데 말이야. 좀 더 말해봐. 구체적으로."

피월려는 나지오의 요청대로 제갈미에 관한 점을 자세히 설명하기 시작했다.

나지오는 그의 말을 경청하면서 이것저것 되묻고 상황을 완전히 이해하려 애썼다. 그렇게 한 식경이 지나자 나지오와 지부장은 그들이 직접 경험한 것만큼이나 생생한 그림을 머릿속에 그려낼 수 있게 되었다.

그들의 인물평은 동일했다.

"들었던 것보다 더 괴짜군."

"참으로 유별난 처자이오."

지부장이 먼저 말을 시작했다.

"그녀의 말을 통해서 유추해 보면 백도무림은 아직 천마신교에 대한 확신을 하지 못하는 듯하오. 하지만 이미 의심을 하고 있었다니 그 점은 어떻게 된 것이라 생각하오? 혹 한번 떠보려고 허풍을 친 것 아니겠소? 그럴 만한 성정을 지닌 여인 같던데."

나지오는 못마땅한 듯 입술을 비틀었다.

"전략 전술은 자신 있지만 이런 건 모르겠습니다, 사실. 피후배, 넌 어떻게 생각해?"

피월려는 이곳에 당도하기 전부터 머릿속에 생각한 것을 말하기 시작했다.

"제 생각에는 허풍은 아닌 듯합니다."

지부장이 되물었다.

"왜 그렇소?"

"백도무림에서 천마신교를 의심했다는 증거가 또 있기 때문입니다."

"만약 소림파의 멸문을 말하는 것이면 그것은 잘못 생각한 것이오. 소림파의 멸문으로 백도무림에서 천마신교를 의심하게 된 건 사실이오. 천마신교밖에 그런 일을 할 수 없으니까. 하지만 그것은 호마궁과는 전혀 별개의 일이오. 교주께서 낙양지부와 완전히 동떨어진 단독 행동으로 하신 일이기 때문이오. 이번 일에 천마신교의 개입을 의심할 수는 있으나, 그것은 억측 그 이상도 이하도 아닐 것이오."

"제가 말씀드리고자 하는 것은 증거입니다. 추측이 아닙니다."

"증거라?"

피월려는 침을 한 번 삼키고 말했다.

"제 일행과 함께 떠난 유 부장이란 인물이 있습니다. 그는 낙양 백운회에서 백운장군의 위치에 있을 뿐 아니라 낙양 관군을 통솔하는 상장군인 자입니다."

"유한을 말하는 것이오? 그자는 이미 개봉에 도착하였소만."

피월려는 미간을 좁혔다.

"…설마, 그와 연락이 닿아 있습니까?"

"그렇소. 호마궁은 낙양의 태수와 협력 관계에 있지 않소? 그러니 호마궁의 이름으로 그와는 친분을 유지하고 있는 상태이오. 그런데 왜 그리 놀라시는 것이오?"

"제가 말씀드렸잖습니까? 그가 사라지고 나서 바로 백도무림의 공격이 있었습니다."

"아……. 그 부분을 말씀하는 것이오?"

"그렇습니다. 그것이 그가 백도무림과 내통한다는 증거 아니겠습니까?"

지부장은 고개를 흔들었다.

"그렇지만은 않소. 백운회가 백도무림과 친분을 유지하는 것은 사실이오. 하지만 낙양의 태수와 연이 닿아 있는 호마궁을 상장군인 그가 함부로 건드리려 하겠소? 이는 정면으로 무림의 일에 상관하겠다는 것이오. 태수가 절대 윤허하지 않았을 것이오. 그리고 그는 명령에 매우 충실한 사람으로 보였소. 단독으로 그런 일을 했을 거라고 생각할 수 없소."

"태수까지 가담했을 수 있습니다."

"관과 무림이 서로 상종하지 않는다는 법칙은 오랫동안 암묵적으로 지켜져 온 것이오. 그것을 깨면서까지 그들이 바라는 것이 무엇이겠소? 백도무림에서 무엇을 그들에게 약속했기에 그런 일을 벌였으리라 생각하시오? 억측이오."

"이해득실만으로 사람의 행동을 단순하게 해석할 수는 없습니다. 이해득실로 움직이지 않는 자도 이 세상에는 파다하게 존재합니다."

지부장의 한쪽 눈썹이 치켜져 올라갔다.

문사로 삼십 년 동안 개봉지부에서 천마신교에 크나큰 이득을 가져다주며 단 한 번도 신분을 노출한 적 없는 지부장은 지혜와 심계에 대한 자부심이 강했다.

그런데 피월려가 그를 가르치려 하자 괘씸한 생각이 든 것이다.

하지만 그는 단순한 감정에 휘둘릴 정도로 미련한 사람이 아니었다. 그는 자기의 감정을 추스르고 피월려에게 물었다.

"속에 담은 의심을 한번 말씀해 보시오."

피월려는 지부장의 감정을 이해했지만, 짐짓 모르는 척 그의 생각을 설명했다.

"유한은 법도와 규례에 대해서 엄격하고 빈틈을 보이지 않는 인물입니다. 또한 지부장께서 설명하신 것처럼 매우 충직한 인물입니다. 낙양성의 상장군이나 되는 그가 황태자비의 호위를 직접 하려고 나선 것만 보아도 알 수 있습니다. 그만큼이나 황제를 향한 충심이 강한 것입니다."

"그런데?"

"그가 사라지기 전의 상황은 제가 막 마차로 들어간 뒤였습니다. 저는 그 마차의 주인이 진설누임을 숨기기 위해 마치 진설린과 음양합일을 하러 들어간 척했습니다. 그런데 그것을 목격한 그는 불같이 화를 내더군요. 그러고는 사라진 것입니다."

지부장은 피월려의 말을 이해하고는 고개를 끄덕였다.

"오호……. 그렇다면?"

"유한은 황태자비로 혼인을 하러 가는 진설린이 외간 남자와 합방하는 광경을 눈으로 목격하고 참지 못한 것입니다. 그것을 직접 확인하고 백도무림과 결탁한 것입니다."

지부장은 연신 고개를 끄덕였다.

"과연, 그런 추측이었군. 흠, 상당히 일리가 있는 말이오. 하지만 한 가지 의문이 드는 점이 있소. 그가 이미 백도무림과 내통하고 있었다고 생각하지 않고, 그 일이 있은 후 백도무림과 결탁했다고 생각하는 이유는 무엇이오?"

피월려는 생각을 정리하며 설명했다.

"그가 만약 출발 전부터 백도무림과 내통했다면 그렇게 허술하게 공격하진 않았을 겁니다. 아예 백도무림의 무림인들이 매복한 곳으로 데려가서 완전히 끝장을 냈을 겁니다. 그가 한 일이라고는 백운회의 인물들을 그 자리에서 빼내고 우리의 위치를 백도무림에게 알려준 것뿐. 즉, 백도무림을 도와주었으되 호마궁과의 관계를 완전히 처분하진 않은 겁니다. 그래서 아직도 연락을 취하고 있는 것 아니겠습니까?"

"……"

"지부장께서 설명하신 것처럼 무림과 관은 서로 상종하지 않는다는 불문율이 있습니다. 유한이 그 불문율을 쉽게 깰 순 없었을 겁니다. 하지만 황태자비가 불순한 여인임을 알고 나선 깨지 않을 수 없다고 판단했을 겁니다. 그는 황제에게 충직한 인물이니 말입니다. 그래서 그제야 일을 진행한 것입니다."

지부장은 두 눈을 감았다. 그러고는 느린 심호흡을 하며 깊게 생각에 잠겼다. 그 모습이 마치 내공을 연공하는 것 같아 피월려와 나지오는 조용히 그를 기다렸다.

곧 지부장이 눈을 뜨고 말했다.

"잠시… 내가 백도무림이라 가정하고 생각을 해보았소. 그리고 두 가지 질문이 떠오르게 되었소."

"그것이 무엇입니까?"

"첫째, 어떻게 그들이 유한에게 접근했을까 하는 것이오. 협력해 달라는 소리는 함부로 못했을 것이오. 무림의 일인데 상장군인 그가 귓등으로 듣기라도 했겠소? 그러니 방금 피 대원이 추측한 것을 토대로, 황태자비가 될 낙양제일미의 불순함을 언급하며 걸고넘어졌을 것이오. 황태자비가 되는 낙양제일미가 호마궁의 마인과 정을 통하는 관계라는 것을 말이오. 그것을 빌미로 백도무림을 도와달라 부탁했을 것이오. 그 말에 유한의 대답은 뻔하오."

피월려가 대신 말했다.

"직접 눈으로 목격하기 전까지 무림인의 말을 믿지 않겠다고 말했겠지요."

"정확하시오. 바로 그것이오. 유한은 낙양제일미의 불순함

을 귀로 들어서 알고 있지만 믿지는 않았소. 피 대원이 마차
로 들어가는 것을 보고 확신한 뒤에야 백도무림을 도와준 것
이오. 물론 뒤탈이 없이 방관하는 수준에서 말이오, 그래야만
낙양제일미가 황태자비가 되는 것을 자연스럽게 막으면서 호
마궁과의 관계도 유지할 수 있으니 말이오."

"그 생각에 동의합니다. 지금까지 설명한 것과 생각해 온
부분을 모두 종합했더니 저 또한 그런 결론이 얻어졌습니다."

"다만 여기서 두 번째 질문이 발생하오."

피월려는 여기까지 추측하고는 생각을 정리했었다. 충분히
그림을 그렸다고 믿은 것이다. 하지만 지부장은 뭔가 더 발견
한 모양이다.

피월려가 물었다.

"무엇입니까?"

"낙양제일미가 불순하다는 사실은 백도무림에서 어찌 알고
있는 것이오?"

피월려는 생각지도 못한 부분에 입이 살짝 벌어졌다.

"그것은……"

지부장의 두 눈빛이 낮게 가라앉았다.

"지금까지 피 대원이 한 추측이 사실이라 가정하면 백도무
림은 낙양제일미의 불순함을 필연적으로 알고 있었어야 하오.
그것도 꽤 확신하는 수준으로 말이오. 다시 말하면 피 대원

과 진 소저의 관계까지도 알고 있었어야 한다는 것이오. 극양
혈마공과 극음귀마공의 관계까지도."

"……."

"그래야만 말이 맞소. 그것을 모른다면 피 대원이 낙양제일
미의 호위에 붙어 있으리란 보장도 없고 낙양제일미가 불순하
여 호마궁의 마인과 정을 통한다고 쳐도 그 광경을 유한으로
하여금 어떻게 목격하게 만든다는 말이오? 극양혈마공과 극
음귀마공의 특성상 수일 내로 무조건 음양합일을 해야 한다
는 그 사실까지 알고 있어야 이 모든 일이 가능하게 되오."

"……."

"백도무림이 피 대원과 진 소저의 무공까지도 안다? 이는
천마신교 낙양지부 내에 배신자가 있어야만 유출 가능한 수
준의 정보이오. 그 정도면 백도무림은 이미 호마궁이 천마신
교 낙양지부를 가리는 허울이라는 정보까지도 가지고 있을
것이오. 그리고 그랬다면 애초에 그들이 이런 일을 벌였을 이
유가 없소. 인원을 깡그리 모아 천마신교 낙양지부를 급습하
고도 남았겠지."

정곡을 찔렸다.

추측이 추측을 물고 물었는데, 마지막 종착역이 출발점으
로 돌아온 격이다.

피월려는 힘없이 나지막하게 말을 이었다.

"유일한 가능성이라면… 그 배신자가 저와 진 소저의 관한 일을 말해주었지만 천마신교임을 숨긴 것이겠군요. 그럴 가능성은……."

"무에 가깝소. 그렇다면 배신자가 왜 배신을 했겠소?"

피월려는 지쳤는지 한숨을 내쉬었다.

"후……. 들어보니 제 추측이 틀린 것 같습니다. 제갈미가 진설누를 제대로 확인하지도 않고 진설린이라 생각한 점이 이상하여, 백도무림이 저와 진설린의 관계까지도 알고 있다고 추측했었는데……. 제 생각에 사로잡혀 큰 그림을 보지 못했습니다."

"껄껄껄, 심계에선 얼마든지 있는 일이오."

지부장은 피월려가 실수를 인정하자 기분이 좋아진 듯 보였다. 그러곤 계속 너털웃음을 지었는데, 마치 피월려가 질문하기를 기다리는 것 같았다. 피월려는 또다시 유치하다는 생각이 들었지만 결국 그의 바람대로 질문했다. 마치 현인에게 지혜를 구하는 젊은이인 것처럼.

"그렇다면 지부장께서는 이 일을 어찌 보십니까?"

지부장은 뜸을 들이며 간을 보다가 곧 설명하기 시작했다.

"나는 그 일이 백도무림이 아니라, 그냥 태원이가에서 개인적으로 주도한 것이라 생각하오."

"예?"

"피 대원은 태원이가와 척을 지지 않았소? 그러니 그들이 복수한 것이오."

"하지만 유한이 황급히 자리를 뜬 것은 무엇이며, 제갈미가 언급한 백도무림의 수뇌부는 무엇이란 말입니까?"

"유한이 말하기를 주변 지리를 보기 위해서 산에 올랐는데, 때마침 녹림의 인물들을 만났다고 했소. 상장군이라는 위치 때문에 돈을 내려 하지 않아 시비가 붙어서 폭죽을 터뜨린 것이라고. 녹림의 산적을 모두 소탕하고 돌아왔을 때 피 대원의 일행은 이미 사라지고 없었다고 했소. 그래서 진 소저가 잘 도착했는지 확인하기 위해서 개봉에 온 것이라고."

"설마 그 말을 믿으시는 겁니까?"

"물론 의심스럽지. 하지만 백도무림과 결탁했다는 추측보다는 믿을 만하오."

"……"

"그리고 명봉 말인데, 그 여인이 명봉이라는 보장이 있소?"

"예?"

"명봉 제갈미라는 보장 말이오. 그 여인이 스스로 제갈미라고 말한 것 말고는 없지 않소?"

"그야 그렇습니다만."

"그러니 그 여인이 진짜 명봉인지 아니면 태원이가의 여인인지는 모르는 것 아니오?"

"……."

"태원이가의 여인이 명봉인 척하고 마치 이 일이 태원이가의 개인적인 복수가 아니라 백도무림에서 주도한 일인 것처럼 떠들어댄 것 아니오? 그래야 그들에게 상황이 유리하게 돌아가지 않겠소?"

피월려의 두 눈이 초점을 잃었다. 전혀 동의할 수 없었지만 왠지 모르게 반박할 수도 없었기 때문이다.

그의 경험과 용안의 능력으로도 제갈미가 연기를 한다는 생각을 하지 못했다.

독특한 여인이었지만 그녀가 자기가 아닌 인물을 흉내 내며 거짓을 말하고 있다는 의심을 전혀 하지 않았다. 피월려는 고개를 숙일 수밖에 없었다.

"그럴 수도… 있다는 생각이 듭니다."

"그런 것이오. 나처럼 나이가 들면 멀리서 일어난 일도 다 눈에 보이는 법이지."

"……."

"피 대원은 그 나이대에 비해서 매우 지혜롭지만 아직 어려서 세상을 다 모르는 듯하오. 지혜가 뛰어나기 때문에 세상이 복잡하다고 믿고 있겠지만 실상은 그리 복잡하지 않소. 생각보다 단순하다오. 이번 일은 괜히 깊게 생각하여 그런 억측을 하신 것이오."

피월려의 마음은 전혀 순응하지 못했다. 아무리 생각해도 지부장의 생각이 틀린 것같이 느껴졌기 때문이다. 그러나 그가 지적한 모순이 잘못된 것은 아니다.

추측에 확실한 모순이 있는 한 그건 말 그대로 억측에 불과하다.

피월려는 인정하기로 마음을 먹었다. 그가 포권을 취했다.

"오늘, 지부장께 많은 것을 배웁니다."

지부장은 고개를 들고 웃었다.

"껄껄껄. 아니오. 내가 피 대원의 나이였을 때는 지금 피 대원보다 훨씬 미숙하고 어리석었소. 피 대원은 지극히 지혜로운 축에 속하니 너무 자책하지는 마시오. 껄껄껄."

지금까지 옆에서 가만히 있던 나지오가 불쑥 말했다.

"그럼 피 후배와 진 소저에게 일어난 일은 모두 정리가 된 겁니까?"

"그렇소. 가시방석이었을 텐데 참 잘 있었소."

지부장은 나지오가 아무것도 하지 않음을 비꼰 것인데 나지오는 그것조차 못 알아들었는지 하품을 하며 손으로 입을 가렸다.

"뭐, 박 장로님하고 피 후배, 그리고 지부장께서 모두 주도하신 것 아닙니까? 저같이 칼만 휘두르는 놈은 듣기만 하겠습니다."

"껄껄껄, 그렇게 하시오. 자, 그러면 오늘은 이만하도록 하십시다. 피 대원도 여행길이 곤했을 텐데 쉬셔야 하지 않겠소?"

피월려가 물었다.

"그럼 앞으로의 계획은 언제 논할 생각이십니까?"

지부장은 눈을 가늘게 뜨며 말했다.

"아, 걱정 마시오. 내가 일러줄 테니."

가늘어진 눈주름 안에는 비웃음을 담은 눈동자가 피월려를 응시하고 있었다.

어린놈이 그냥 명령이나 수행할 것이지.

딱 이 정도의 눈빛이다.

피월려는 지부장이 더 이상 그를 동등한 입장에서 계획을 논할 상대로 여기지 않는다는 것을 눈치챘다.

피월려는 포권을 취하며 자리에서 일어났다.

"그러면 전 돌아가 보겠습니다."

나지오도 벌떡 일어나며 말했다.

"그럼 나도 가야지. 지부장님, 저도 가보겠습니다."

지부장은 빙그레 웃으며 말했다.

"밖에 있는 아무 시비에게나 말하시오. 방으로 안내할 것이오."

"그럼 쉬십쇼."

"다음에 뵙겠습니다."

피월려와 나지오는 그렇게 지부장의 방에서 나왔다. 문이 닫히자 나지오가 피월려의 어깨에 한 팔을 올렸다. 피월려가 고개를 돌려 그를 보았다. 나지오의 눈동자는 당장에라도 전투를 시작할 것처럼 강력한 마기로 가득 차 있었다.

"난 피 후배 말이 더 맞는 거 같아. 지부장이 심계에 능할지 모르지만 상계(商界)와 정계(政界)에 능한 거지, 무림인들 간의 심계는 또 다르니까."

"하지만 내 논리의 모순은 확실했소."

"그건 나도 알아. 그래도 말이야……."

나지오는 서서히 피월려에게 가까이 다가왔다. 그의 귓가에 입을 가져간 그는 매우 작은 소리로 속삭였다.

"피 후배가 배신자 이야기를 했을 땐 소름이 돋았다니까?"

피월려는 화들짝 놀라며 뒤로 물러섰다. 나지오는 묘한 미소를 짓고 있었다.

"설마……."

"오해하지 마. 난 아니니까. 다만 의심하고 있는 놈이 있어. 그냥 감으로 의심이 가는 녀석이라 아무한테도 말 안 했는데, 네 말을 듣고 보니 묘한 거야. 큭큭큭. 아주 묘하다고."

"……."

"그쪽으로는 내가 알아볼게. 모순을 해결하는 건 네가 더 생각해 봐. 난 간다."

나지오는 검지 하나를 들어 좌우로 흔들면서 몸을 돌렸다. 피월려는 그의 뒷모습을 보며 또다시 상념에 빠지기 시작했다.

제갈미가 진설누를 조금도 의심하지 않고 진설린이라 믿은 점. 그토록 지혜롭다는 여인이 왜 그런 실책을 했을까? 그건 아무리 생각해도 유한에게 미리 들어서 아는 것일 수밖에 없다.

유한이 피월려가 마차로 들어가는 것을 목격하고 백도무림에 붙었기 때문에 제갈미로서는 완전히 확인된 사실인 진설린의 존재를 의심하지 않은 것이다.

그것이 아니라면 지부장의 말대로 그 여인은 제갈미가 아닌 것인가? 지혜로운 여인이 아니라 그냥 독특한 태원이가의 여인인 것인가?

거기서부터 시작해야 한다. 제갈미의 소재를 파악하면 지부장의 추측과 피월려의 추측 중 어느 것이 더 신빙성 있는지 논리가 아닌 증거로써 확인할 수 있다.

또 하나, 태원이가의 무인인 이백진은 진설린을 데려가려 했다. 그것이 태원이가의 명예와 연관 있다는 말도 했었다. 지부장과는 그 부분에 대해서 별로 말하지 못했지만, 그것 또한 충분히 생각해 볼 점이다.

"저, 무사님?"

젊은 여인의 목소리에 피월려는 눈앞에 선 시비를 보았다.

"아, 미안하오. 진설린 소저가 있는 방으로 안내해 주시오."

"알겠습니다."

대답한 시비는 앞서 걷기 시작했다. 피월려는 그녀를 무의식적으로 따라가며 생각을 정리했다.

제오십장(第五十章)

삼 일이 지났다.

수도 개봉은 없는 것이 없는 도시이지만, 딱 하나 손꼽자면 무림방파가 없다.

모든 주민과 상권이 무림방파로부터 자유로우며 황제의 통치 아래 완벽히 보호된다.

하지만 전 중원의 상권뿐만 아니라 이방 나라의 상권까지도 집중된 도시인 만큼 무림방파가 손을 놓고만 있지는 않았다.

어느 정도 성장한 무림방파는 하나같이 그들을 대변할 수 있는 세력을 따로 만들어 황도에서 자리를 잡아 이윤을 얻기 바빴는데, 황궁에서도 무림인이 직접 관여하는 것만 아니라면 제지하지 않았다.

때문에 문 어르신으로 통하는 금양노의 출신이 호마궁이라는 소문이 개봉 바닥에 판이하게 퍼졌을 때도 겉으로 변하는 판도는 전혀 없었다.

어차피 마인들이 개봉에서 어떤 힘을 당장 쓸 수 있는 것은 아니다.

그렇다고 상당수의 마인이 금양노의 보호를 받고 있다는 사실을 그리 달가워하는 사람도 없었다.

아무리 개봉에서 잘나가는 금양노라지만 마인과 어울린다는 평판은 확실히 그의 돈줄과 인맥을 은연중에 약하게 만들었다.

금양노는 저 멀리서 식사를 하고 있는 피월려와 다른 마인들을 보며 눈살을 찌푸렸다.

그들과 엮이면서 요 며칠간 발생한 손액이 말로 표현할 수 없었기 때문이다. 하지만 그가 낙양지부와의 협력에 동의한 것은 더욱더 나은 미래를 위해서였다.

그는 개봉에서 돈만 벌어다가 천마신교에 바치는 돈 노예 역할을 죽을 때까지 할 생각이 없었다.

무공을 잃어버렸으나 변화의 중심에 서고 싶은 인간의 원초

적인 욕망은 그의 마음속 깊은 곳에도 숨어 있었다.

"지부장님, 보고드립니다."

한 사내가 지부장에게 말했다. 지부장은 정보를 담당하는 그가 직접 보고를 하러 왔다는 사실에서부터 중요한 일임을 알 수 있었다.

"무엇인가?"

"황태자가 찾아왔습니다."

"뭣이?"

지부장이 자리에서 벌떡 일어났다. 갑자기 일어난 통에 식사를 하던 피월려와 일행들이 전부 그를 보았다.

지부장은 한껏 상기된 표정으로 그들을 둘러보았다. 그도 그럴 것이, 이제야 첫 번째라 할 수 있는 이익이 징조를 보였다.

"황태자가 찾아왔네."

지부장이 말하자 피월려 옆에 앉아 있던 진설린이 방긋 웃었다.

반투명한 면사는 식사를 위해서 코까지만 가리는 터라 그녀의 매혹적인 웃음을 모두가 볼 수 있었다.

그녀가 옥구슬이 굴러가는 듯한 목소리로 말했다.

"삼 일이라. 꽤 늦었네요."

피월려가 그녀에게 물었다.

"늦은 것이오? 황태자치고는 빨리 온 것 같은데."

"그가 나한테 얼마나 빠져 있는지 몰라서 그래요. 황룡무가에 있을 때 지겨운 연서로 얼마나 절 괴롭혔었는데요. 제가 개봉에 도착했다는 소식을 듣자마자 찾아온 것일 거예요."

"설마 그 정도이겠소?"

"역시 월랑은 내 매력을 너무 몰라준다니까?"

"……."

진설린은 천을 들어 입가를 닦았다. 그러고는 지부장에게 말했다.

"뭐래요? 당장 나를 보자고 하죠?"

지부장이 옆을 보니 보고한 사내가 고개를 끄덕였다.

"마차도 없이 직접 말을 타고 왔습니다. 대동한 인원도 황태자의 것이라 할 수 없을 정도로 초라했습니다."

지부장이 물었다.

"신분을 숨기셨나?"

"평의를 입으셨습니다만."

"그것참……. 급하셨군."

"그분은 참을성이 많은 분이 아닙니다. 현재 십일 층 문을 두드리며 당장에라도 올라올 기색입니다만."

"뭐야? 벌써 올라오셨나?"

"예. 저희가 진 소저를 숨겼다면서 억지를 부리고 있습니다.

아마 문 어르신께서 직접 나서야 할 것 같습니다만."

"무슨 상황인지 이해가 가는군. 알았네. 자네는 가보게. 진설린 소저, 당장 황태자님을 만날 차비를 해야겠네."

진설린은 미소를 잃지 않으며 대꾸했다.

"당장 만날 수 없어요."

"무슨 말인가?"

"여인이 외간 남자를 어찌 그냥 만날 수 있다는 거죠? 치장할 시간이 필요해요."

"……."

"중요한 거예요. 황태자는 제 미모에 반한 사람이니 그냥 이대로 그의 앞에 나서는 것은 지부를 위해서도 바람직하지 못하죠."

지부장은 고민했으나 진설린의 말이 맞다는 것을 인정하지 않을 수 없었다. 그는 곧 고개를 끄덕였다.

"알았네. 진 소저의 뜻대로 하게. 하지만 내가 끌 수 있는 시간은 그리 길지 않네."

"일각이면 충분해요."

"여봐라! 진 소저를 모시어라."

지부장은 시비에게 명령한 후 서둘러 식당을 나갔다. 진설린도 피월려에게 인사한 후에 시비의 안내를 받아 밖으로 나갔다.

가만히 상황을 지켜보던 나지오가 음식이 담긴 접시를 들고 와 진설린이 앉았던 자리에 털썩 주저앉았다.

"슬슬 시간이야, 그렇지?"

피월려는 담담하게 말했다.

"그렇소. 이제 시작이오."

나지오는 그에게 가까이 다가오며 조용한 목소리로 속삭였다.

"지부장한테 앞으로의 계획에 대해서 들은 거 있어?"

"그날 이후로 없소. 나 선배는 어떻소?"

"나도 거의 통보식이야. 단독으로 이것저것 결정하더군."

"……"

"박소을 장로님이 오시지 못한 게 큰일이야. 지부장을 견제할 만한 사람이 우리 쪽에 없으니."

박소을은 천마급 마인으로, 걸음을 걷기만 해도 천기를 흐리는 마기를 몰고 다닌다.

왔다면 마기로 인해 다들 절로 기었겠지만 또 그 때문에 개봉에 올 수 없기도 했다.

피월려가 나지막하게 말했다.

"딱히 필요는 없소. 지부장이 홀로 하겠다면, 나도 따로 행동하면 그만이오."

나지오는 눈을 게슴츠레 떴다.

"무슨 수가 있나 봐?"

"수는 없소. 그냥 홀로 조사하고 홀로 계획을 세우고 홀로 실행하면 그만일 뿐."

"낙양지부에서의 방식이 여기서 통할 거 같아? 그리고 상대는 황궁이야. 너무 커."

"상관없소. 어차피 뒤처리는 본 교가 감당할 테니."

나지오는 황당한 표정으로 피월려를 보다가 실실 웃기 시작했다.

"킥킥킥. 역시 넌 미친놈이었어. 주소군보다 더한 놈이지."

앞에서 조용히 밥을 먹던 주소군은 숟가락을 내려놓으며 말했다.

"그 말은 이상하네요. 그리고 피 형."

주소군은 지금까지 누구와도 말을 섞지 않았다.

최근에 검공을 배운다는 것이 이유였는데, 냉기가 펄펄 풍기는 겉모습만 봐도 얼마나 집중해서 검공을 익히고 있는지 알 수 있었다.

따라서 그가 말을 걸었을 때, 피월려는 그가 무슨 말을 할지 궁금해졌다.

"무슨 일이오, 주 형?"

주소군은 빙그레 웃었다.

"재밌는 일을 할 거면 같이해요. 조금 따분하네요."

피월려의 계획에 동참하고 싶다는 뜻이다. 피월려도 마주 웃으며 물었다.

"검공이 쉬이 익혀지지 않소?"

주소군은 입술을 비비며 말했다.

"익히는 건 하루 만에 끝났어요. 이젠 실전 상대가 필요할 뿐. 여기 연무장이 없는 게 아쉽네요. 정말 무공을 익힌 자가 없다더니……."

"……."

"아, 그리고, 동생이 서찰을 보냈어요. 아마 한 식경 안에는 지부에 도착할 거예요. 그럼 이만."

순간 피월려와 나지오는 그가 무슨 말을 하는지 몰랐다.

주소군이 멀리 걸어가고 있을 때쯤이야 알아들을 수 있었다.

"주하……."

나지오도 거들었다.

"이상하게 자주 까먹는단 말이야. 하여간 다행이네. 무아지경에서 살아남았다니."

피월려는 나지오를 이상하게 쳐다보았다.

"무아지경에 들었으면 무공이 비약적으로 성장했으면 성장했지, 왜 살아남았다고 하는 것이오?"

나지오가 대답했다.

"정공에 경우야 그렇지. 마인이 된 지 얼마나 지났는데 아직도 정공과 마공의 차이를 모르는 거야?"

피월려는 듣지도 보지도 못한 사실에 놀람을 감추지 못했다.

"마인이 무아지경에 들면 위험하오?"

나지오가 어깨를 들썩였다.

"대단히 위험하지. 가만히 내버려 둬도 넘치도록 성장하는 게 마공이야. 무아지경처럼 수직으로 성장해 버리면 감당하기 어려운 경우가 많아서 죽음에 이르거나 반신불수가 되지."

"……"

"그만큼 돌아오는 건 많으니까 마다할 필요까지는 없지만. 주소군이 겉으로 티는 안 냈지만 걱정 좀 많이 했겠지."

그러고 보면 이런 중대한 임무 중 중요 인물인 주하의 무아지경을 그 누구도 억지로 멈추려 하지 않았다.

마인들의 집단인 천마신교에서 한 마인의 개인 사정을 봐준 것치고 꽤나 자비롭다는 생각을 했는데, 알고 보니 생명이 위험한 것이기 때문이었다.

피월려는 식사를 멈추고 자리에서 일어났다.

"잠시 나가봐야겠소."

"행동에 제약은 없지만, 가급적이면 조심조심 움직이라고. 마인이 돌아다녀서 괜히 경각심만 불러일으키지 말고."

"걱정하지 마시오. 주하만 보고 올 것이오."

피월려는 서둘러 지부 밖으로 나갔다.

*   *   *

천낙금원 주변은 사람들이 많다.

일확천금을 노리고 찾아든 사람들이 북새통을 이루면서 자연스럽게 상권이 발달했다.

큰돈을 막 손에 거머쥔 사람들은 그 순간만큼은 씀씀이가 대단히 커져 각종 사치품을 말도 안 되는 가격에 얼렁뚱땅 사는 경우가 비일비재하다.

그들을 노리기 위해서 장사치들은 눈을 즐겁게 하는 호화찬란한 호사품과 개봉에 막 나온 신상품들을 펼쳐놓았다. 어떤 이들은 아름다운 기녀들을 앞에 두고 대낮부터 술을 마시라 권하고 있다.

외국에서 들어온 이상한 생물이나 신비한 물건들을 집 한채 가격에 팔려는 이도 있었다.

그들은 큰돈에 정신을 차리지 못하는 고객을 찾기 위해서 맹수 같은 눈으로 천낙금원에서 나오는 사람들을 모조리 훑어본다.

그런 상인들이 절반이라면 다른 절반은 천낙금원의 다른

이들을 노린다. 돈을 잃어버리고 절망에 빠진 사람들.

그들의 빈 호주머니에서 뭐라도 얻겠다고 눈에 불을 켜고 침 튀겨가며 혀를 놀리고 있었다.

고리대금업자도 있다. 몸에 걸치는 귀중품에서부터 값비싼 보석, 집문서, 심지어 아내나 딸내미의 목숨까지도 담보로 잡고 돈을 빌려주는 자들이다.

사람들은 그들을 다들 뒤에서 욕하지만 재력은 어쩔 수 없는지 앞에서는 실실 웃고 만다.

천낙금원에서 나오자마자 사람들이 만들어내는 소음 때문에 옆 사람의 목소리조차 듣기 어려웠다.

피월려는 귀를 틀어막고 싶은 충동을 참아내며 주변을 살폈다.

멀찍이 떨어진 홍교 위에 사람이 많이 없는 것을 확인하고 그곳으로 걸어갔다.

홍교 위는 다른 곳보다 지형이 높으니 그곳에서 주하가 오는 것을 보는 것도 괜찮겠다는 생각이 한몫했다.

그런데 막상 홍교에 다다르니 그 위로 올라갈 수 없었다.

딱 봐도 황군 같은 남자 둘이 험악한 인상을 쓰고 주변을 경계하며 그 누구도 위로 올라가지 못하게 하고 있었기 때문이다.

그 때문에 그 홍교만 사람이 잘 다니지 않는 것이다.

피월려가 탐탁지 않다는 표정을 짓자 그를 본 황군 중 한 명이 다가와 굵직한 목소리로 말했다.

"문제라도 있나, 무림인?"

등에 걸친 장대검을 보면 누구라도 그가 무림인인 것을 알 수 있었다.

피월려는 황도 내에서 무림인이 전혀 환영받지 못한다는 사실을 기억하고는 고개를 숙였다. 나지오의 말도 있고 하니, 말썽을 피울 순 없다.

"아닙니다."

피월려는 고개를 돌렸다.

그러나 왜 황군이 홍교를 막아섰는지 궁금증이 들어 그 홍교에서 가까운 옆 홍교로 갔다.

개봉에서 가장 붐비는 곳 중 하나인 천낙금원 앞의 홍교 하나가 마비되니 다른 쪽의 홍교에는 어깨를 툭툭 치며 걸어야 할 정도로 많은 인원이 움직이고 있었다.

피월려는 그 틈을 비집고 홍교의 가장 높은 중간 부분에 도착할 수 있었다. 그리고는 황군이 지키고 선 홍교 쪽을 보았다.

종을 짐작할 수 없는 백마 두 마리를 사이에 두고 한 여인이 홍교 아래 흐르는 강을 내려다보고 있었다.

검은색의 두꺼운 면사를 쓰고 있었기에 얼굴은 확인할 수 없었지만 몸에 착 달라붙고 팔과 다리를 드러내는 짧은 옷을 통해 여인의 아름다운 몸매를 충분히 감상할 수 있었다.

옥지소완(玉指素婉).

세요설부(細腰雪膚).

연보소말(蓮步小襪).

오발선빈(烏髮蟬嬪).

운계무환(雲鬐霧環).

육안으로 확인할 수 있는 모든 것이 경국지색(傾國之色)에 부합된다.

그런데 그보다 더한 것이 있으니, 남자의 눈을 붙잡고 절대로 놔주지 않는 풍만한 가슴이었다.

옷 자체는 귀한 규수가 충분히 입을 만큼 단아했는데 가슴 하나 때문에 기녀의 옷만큼이나 관능적으로 느껴진다.

피월려도 남자인지라 옷 위로 봉긋하게 올라온 큰 크기의 두 봉우리를 흐린 초점으로 바라보고만 있었다.

그 순간 등골이 오싹하다.

피월려는 적이라도 나타난 줄 알고 고개를 홱 돌렸다. 그곳에는 그를 무감정한 눈빛으로 바라보는 주하가 있었다.

"지부가 아니라 여기 계셨습니까?"

딱딱한 어조.

피월려는 헛기침을 안 할 수 없었다.

"크흠. 큼. 그, 그것이⋯⋯."

주하가 그에게 옆으로 왔다.

"개봉은 개방이 판치는 곳입니다. 최대한 안에 계셔야 합니
다만?"

"주, 주 소저가 온다기에 내가 잠시 밖에서 기다리려고 한
것이오."

"아, 그렇습니까?"

주하는 무심한 얼굴로 피월려가 넋을 놓고 보았던 여인을
보았다.

얼굴은 피월려를 향한 채로 눈동자만 그쪽으로 돌아가 있
으니, 피월려는 난감함을 느끼며 애써 미소를 지었다.

"무, 물론이오. 그나저나 무공은 어떻게 되었소? 무아지경에
들었다는 소식만 들었을 뿐 별다른 소식이 없었소."

주하는 입을 다물고 계속해서 그 여인을 보았다.

말을 하지 않고 시선을 그곳에 고정하니 피월려는 꿀 먹은
벙어리처럼 말을 이을 수 없었다. 묘한 수치심이 혀를 마비시
켰다.

어색한 침묵이 얼마나 지났을까, 주하가 그녀에게서 눈길을
떼었다.

"황녀군요."

나지막한 목소리에 피월려가 화들짝 놀라며 고개를 돌려

그 여인을 보았다.

양옆에서 그녀를 지키는 황군을 볼 수 있었는데, 육중한 갑옷과 얼굴이 보이지 않는 투구를 쓰고 있어 속의 사람을 분간할 수가 없었다.

좀 더 눈에 힘을 주고 집중하자 남자가 가질 수 없는 여인 특유의 체형이 희미하게 보이기 시작했다.

여인인 황군이 지키는 사람.

이 세상에 황녀밖에 없다.

피월려가 중얼거렸다.

"황태자가 린 매를 보기 위해서 지부에 왔소. 오는 김에 따라온 듯싶소만."

주하가 물었다.

"진 소저와 황태자의 자리가 부담스러워 지부를 나선 것입니까?"

"그건 아니요. 단지 주 소저가 온다기에 나온 것이오."

주하는 다시 고개를 돌려 황녀를 보았다. 한참을 보고는 중얼거렸다.

"픽이나."

"⋯⋯."

분명히 들렸다. 들리라고 한 소리다.

하지만 피월려는 아무런 말도 할 수 없었다. 대놓고 욕을 한 것이 아니라 비꼬았기 때문에, 먼저 변명부터 하면 그대로 말려들어 갈 수밖에 없었기 때문이다.

이러지도 저러지도 못하는 속내는 끓기 시작했지만, 피월려는 애써 또 한 번 웃었다.

"위험한 걸 넘겼다고 들었소. 다행이오."

주하는 여인에게서 시선을 뗐다.

"아닙니다. 죽음의 고비를 넘기지 않으면 고수가 될 수 없는 것이 당연합니다."

"수확은 있었소?"

"전에 말씀드린 부분을 모두 완성했습니다."

그것을 완성했다니 믿기 어려웠다.

다분히 이론적인 것이어서 현실성이 없다고 판단했었기 때문이다.

"정말이오? 그러면 정말로 소저는 뇌의 기운을 다스릴 수 있는 것이오? 여인의 몸으로?"

"예."

짧은 대답이었지만, 자신감이 넘쳤다.

피월려는 고개를 저었다.

"뇌의 기운은 양의 비율이 높은 남자들도 다룰 수 없을 정도로 순수한 양기이오. 그것을 어찌 여인의 몸으로 다룬단 말이오?"

"정확하게는 뇌전입니다만."

"……."

"정 믿지 못하겠거든 얼마든지 보여 드리겠습니다. 제가 이 깨달음을 얻을 수 있던 것은 전적으로 피 대원의 덕택이니까요."

그러면서 주하는 품속에 손을 집어넣었다.

피월려는 주하가 진심으로 비도를 꺼낸다는 것을 알고는 서둘러 팔을 붙잡았다.

"아, 아니……. 그러실 필요는 없소. 이곳에서 무고한 시민을 죽일 필요는 없소."

"저 황녀는 별로 무고하지 않아 보입니다만."

"…황녀를 죽이려 한 것이오?"

"예."

"참아주시겠소? 지부를 위해서라도 말이오."

"명입니까?"

"…명이오."

"존명."

주하는 콧소리를 쿵 하고 내더니 곧 손을 거두었다. 피월려는 깊은 한숨을 내쉬었다.

"그나저나 지부는 어떻소? 지부장께서는 돌아오셨소?"

주하는 홍교의 나무 난간에 두 팔을 올리더니 얇은 허리를 쭉 빼며 기지개를 켰다.

"으, 으음. 아직 돌아오지 않으셨습니다. 무아지경이 끝나고 시일이 상당히 지난 것을 알게 된 후에 급하게 나오느라고 지부 소식을 잘 알지 못합니다."

"그렇소?"

"피 대원께서는 어떻게 지내셨습니까?"

피월려는 지금까지 있었던 일을 대부분 말했다. 말하기 조금 어려운 진설누 부분을 빼놓고 말이다. 하지만 예리한 주하는 그 부분을 정확히 집어냈다.

"추적 도중, 극양혈마공의 폭주는 어떻게 막으셨습니까?"

"그, 그것이……."

주하의 표정이 처음으로 변했다.

한심함이다.

"진설누 소저와 잤습니까?"

단 한 방에 정곡을 찔렀다.

"……."

"잤군요."

"……."

"그 북경제일미는요? 그 여자하고도 잔 거 아닙니까?"

"그건 절대 아니오."

"그럼 진설누와는 절대로 잔 거군요."

"……."

"대단하십니다. 진설린 소저가 이 일을 알게 되면 피 대원의 생명을 장담할 수가 없겠군요."

"……."

"놀랍습니다. 피 대원께서 북경제일미를 품지 않으셨다니. 피 대원의 위명이 울고 가겠군요."

"……."

"어떻게 천음지체를 눈앞에 두고 가만히 있으셨습니까? 피 대원에게는 그것이 하늘을 나는 것만큼이나 불가능한 일 아닙니까?"

"진설누와의 일은 불가피한 것이었소. 그녀는 천음지체가……."

"왜요? 천음지체였으면 아예 데리고 살았을 거라는 뜻입니까?"

"……."

피월려는 말이 없었다. 지금까지 꽤나 말이 없었지만, 그동안의 표정과는 상반된 표정을 짓고 있었다.

가득했던 당황함은 온데간데없이 사라지고 일전을 앞둔 것만큼이나 심각함이 자리 잡고 있었다.

이상한 낌새를 느낀 주하가 눈을 가늘게 뜨며 말했다.

"갑자기 분위기를 바꾸신다고 해서 제가 놀아날 거라고 생각하신다면 큰 오산입니다."

"……."

"아무리 그러서도 소용없습니다."

"……."

"피 대원?"

"……."

"무슨 일이십니까?"

"주 소저가 나를 도와줘야겠소."

피월려는 조용히 손을 들어 황녀를 가리켰다.

"저 황녀의 면사를 벗겨주시오."

"……."

"하실 수 있겠소?"

주하의 가늘어진 눈이 더욱 가늘어지다 못해 초승달처럼
변했다.

"역시 피 대원. 대단하시군요. 지금 상황에 저 여인의 얼굴
을 꼭 확인해야 하겠습니까?"

"그렇소."

피월려의 표정은 조금도 변함없이 심각했다.

되레 당황한 주하가 눈을 동그랗게 뜨고는 잠시 말을 하지
못했다.

피월려는 답답한지 그녀를 재촉했다.

"가능하겠소?"

"뭐… 불가능한 것은 아닙니다. 다만……."

"다만?"

"이처럼 먼 거리에서는 저기 서 있는 황군이 얼마나 고수인지 짐작하기 어렵습니다. 따라서 함부로 황녀에게 비도를 던졌다가는 면사를 벗기는 것은 실패하고 경계심만 품게 만들 겁니다."

"흠……. 그렇소?"

"무슨 일이기에 그런 것입니까?"

"혹 황녀를 물에 빠뜨리는 것은 가능하오? 지금 황녀가 기대고 있는 난간의 양옆을 부숴 버리는 것이오. 아니지… 가벼운 비도는 난간에 박히기만 할 뿐 부서뜨리지는 못할 것이오."

"부술 수 있습니다."

주하는 눈을 밝게 빛냈다. 피월려는 고개를 가로저으며 말했다.

"재질이 나무이긴 하지만 꽤나 두껍소."

"잊으셨습니까? 전 뇌전을 다룰 수 있습니다. 그 정도의 두께쯤이야 천 쪼가리와 다를 바 없습니다."

"은밀해야 하오. 한 번의 기회밖에 없을 것이오."

"걱정하지 마십시오."

"부탁하오."

주하는 군이 황녀의 얼굴을 확인하려는 피월려의 생각을 이해할 수 없었다.

하지만 이유를 모르고 명을 수행하는 것은 천마신교 마인이 언제나 하는 것이다.

주하는 곧 알게 될 것이라는 생각으로 우선 사람들 속에 몸을 숨겼다.

그리고 황군의 시선이 모두 그녀를 벗어날 때쯤, 품속에서 두 개의 비도를 꺼내 황녀가 기대고 있는 난간의 양옆으로 날려 보냈다.

팍! 팍!

두 개의 격파음이 동시에 울렸고, 곧 난간의 양 끝이 부서지면서 그곳에 기댄 황녀의 몸이 기우뚱했다.

그러고는 공중에서 반 바퀴를 돈 황녀가 난간과 함께 강으로 떨어지기 시작했다.

워낙 순식간에 일어난 일이라 황군 중 그 누구도 대처하지 못하고 떨어지는 그녀를 바라볼 수밖에 없었다.

홍교의 높이가 그리 높지 않는 터라 막 경공을 펼치려 하는데 이미 황녀의 몸이 수면에 닿고 있었다.

탁. 탁.

강가에 떠다니는 상선을 타고 피월려가 몹시 빠른 보법으로 황녀에게 다가갔다.

경공을 모르기 때문에 그는 금강부동신법을 펼칠 수밖에 없었는데, 금강부동신법의 특성상 그의 몸은 마치 공중에서 부유하는 것처럼 보였다.

주변의 많은 범인들은 마치 신선과도 같은 그의 모습을 보며 놀란 입을 다물지 못했다.

첨벙!

황녀가 물에 빠져 그 아래로 가라앉기 시작할 무렵, 피월려의 손이 그녀의 몸에 닿을 수 있었다.

피월려는 등에 멘 장대검을 수면 위에 놓고 밟으면서 황녀를 물속에서 끄집어냈다.

그리고 동시에 장대검을 강하게 발로 차 그 힘을 바탕으로 금강부동신법을 펼쳤다.

온통 젖은 황녀의 몸을 두 팔로 강하게 안아 든 피월려는 붕 뜨며 홍교 위로 가볍게 착지했다.

생애 다시없을 정도로 놀란 황녀는 피월려의 양팔을 움켜잡으며 놀란 토끼 눈으로 그를 올려다보았다.

면사가 벗겨진 황녀의 얼굴을 피월려 역시 응시하고 있었다.

아미청대(蛾眉靑黛).

명모유반(明眸流盼).

주순호치(朱脣皓齒).

홍장분식(紅粧粉飾).

기향패훈(肌香佩薰).

경국지색이 완성되었다.

그뿐이랴. 가슴에 직접 닿아보니 팔로 안을 수 없을 정도로 큰 풍유(豊乳)였고, 혼을 빼앗는 코 위에 미인점(美人點)까지 갖추었다.

피월려는 용안심공을 극도로 끌어 올려 마음의 준비를 단단히 한 후 황녀의 눈동자에 눈을 맞추었다.

흑암(黑暗)의 심연(深淵).

탁(濁)하고 탁하고 또 탁하다.

너무나 탁하여 탁함을 넘어선 탁함이 있었다.

눈을 봤을 뿐이다.

그런데 그는 극양혈마공의 양기가 극도로 끓어오르는 것을 느꼈고, 심장이 쿵쾅거리는 것 또한 느꼈다. 정신은 혼미해지고 남성이 뻐근해지는 것 같았다.

괴물이다.

하지만 용안심공은 피월려의 영혼이 침략당하는 것을 용납하지 않았다.

잔잔한 호수와도 같은 눈동자가 황녀의 눈동자를 지그시 보았다.

황녀의 입이 살포시 벌어졌다.

"당신……."

그때였다.

"네 이놈!"

"누구냐!"

"당장 놔드리지 못할까!"

장창을 양손으로 붙잡고 황녀를 안아 든 피월려를 둘러싸고 고함을 지르는 황군은 총 네 명이었다.

여인의 목소리였지만 당장에라도 살인을 행할 듯 살기가 어려 있었다.

피월려는 서둘러 황녀를 놓아주면서 양손을 들어 머리 위에 놓았다. 그러고는 스스로 무릎을 꿇으며 고개를 조아렸다.

"송구하옵니다. 죽을죄를 지었습니다."

황군 중 두 명이 즉시 앞으로 나와 피월려를 포박했다. 그리고 나머지 둘은 물에 젖은 황녀를 한쪽으로 모셨다.

"괜찮으십니까?"

"저 남자… 눈빛이 고요했어."

"예?"

"…아니다. 난 괜찮다."

"저 수상한 자의 목을 당장 자르겠습니다."

"아니, 잠시 물어볼 것이……."

황녀는 말을 끝내지 못했다.

그녀를 보며 걱정이 가득한 눈빛으로 헐레벌떡 뛰어오는 황태자를 보았기 때문이다.

황태자는 기품이라고는 찾아볼 수 없는 뜀박질을 하며 오더니 곧 그녀의 두 어깨를 붙잡고는 숨을 헐떡이며 물었다.

"괘, 괜찮소?"

얼마나 먼 거리라고 숨이 찼을까? 내쉬는 숨에 섞인 냄새가 싫어 황녀는 아미를 조금 찌푸렸다.

"소녀는 괜찮습니다."

"정말이오? 다친 곳이 없소?"

황태자는 그녀의 몸을 이리저리 둘러보며 다친 곳을 확인했는데, 그 눈빛이 점차 기이한 성욕으로 물들기 시작했다.

황녀의 몸이 모두 젖어 매력적인 몸매가 완전히 드러났기 때문이다.

황녀는 구역질이 날 것 같았지만 그 감정을 완전히 숨기며 웃어 보였다.

눈은 웃지 않는 거짓 미소였다. 그 얼굴을 본 피월려의 눈빛이 순간 번뜩였다.

"정말로 괜찮습니다. 태자 저하께서는 걱정하지 않으셔도 됩니다."

"내가 어찌 걱정하지 않을 수 있겠소?"

황태자는 황녀를 꽉 안았다. 그러면서 그녀의 귓가에 입을 가져가 작게 속삭였다.

"나는 내 소유물을 매우 아끼는 사람이오."

"······."

황태자는 몸을 일으키더니 피월려를 돌아보며 말했다.

"저자의 목을 내가 친히 잘라 버릴 테니 잘 지켜보시오."

포박당한 피월려는 이때만이 살길이라는 생각이 들어 크게 외쳤다.

"억울합니다! 저는 황녀님을 살리려 했을 뿐입니다!"

황태자가 얼굴을 찡그리며 물었다.

"살리려 했다?"

"그렇습니다. 홍교 난간이 부러져 강으로 추락하는 것을 목격하고는 서둘러 강에서 건져낸 것입니다. 목격한 다른 이에게 물어보시옵소서!"

황태자가 주변을 둘러보자, 황녀를 지키던 황군이 그에게 와서 말했다.

"그, 그것이··· 사실인 것 같습니다."

"뭐라?"

"저자가 공주마마를 강에서 건진 것이 사실입니다. 무공을 익힌 무림인이기에 가능한 움직임이었습니다."

"무림인? 이자가?"

황태자의 물음에 대답한 것은 엉뚱한 곳이었다.

"그자는 무림인이 맞습니다, 태자 저하."

막 홍교로 올라선 천마신교 개봉지부장은 뛰쳐나간 황태자를 이제 따라잡았다.

노인의 몸이다 보니 무공을 익히지 못한 황태자보다 걸음이 느렸다.

그의 뒤로 한껏 치장한 진설린도 보였고, 호위무사로 변한 낙양지부의 마인들도 보였다.

피월려는 그 모습을 보고 황태자와 진설린, 그리고 지부장이 이제 막 천낙금원을 벗어나려 했다는 것을 알 수 있었다.

황태자가 지부장을 보며 물었다.

"이자를 아시오?"

지부장은 고개를 조아리며 대답했다.

"무림대회 때문에 잠시 개봉에 머물게 된 자이온데, 지금은 제 아래에서 지내고 있습니다."

"오호라. 문 어르신의 사람이었소? 난 그것도 모르고 실례했소. 여봐라. 이자를 어서 풀어주거라."

"예!"

황군은 피월려의 포박을 풀었고 피월려는 자리에서 일어나 황태자를 향해 포권을 취했다.

"감사드립니다, 태자마마."

황태자는 대인배처럼 크게 웃으며 말했다.

"하하하! 아니다. 공주를 구했으니 오히려 내가 감사해야지. 가보거라."

"예!"

피월려는 귀찮은 일에 휘말리지 않을까 하여 걸음을 빠르게 하기 시작했다. 그런데 그때 황녀의 목소리가 들렸다.

"이름이… 무엇이냐?"

그녀의 목소리가 퍼지자 홍교 주변에서 구경을 하던 남자들은 모두 가슴속에 뜨거운 불이 지펴지는 것 같은 기분이 들었다.

황녀의 목소리에는 남성의 성욕을 자극하는 마성이 있었기 때문이다.

황태자는 눈에 쌍심지를 켜고 황녀를 돌아보았다.

그의 눈동자는 질투로 불타오르고 있었는데, 황녀가 다른 남자에게 말을 거는 것조차 용납하지 못하는 소유욕도 엿보였다.

황녀는 공포에 못 이겨 몸을 움츠리면서 옷깃을 여몄다.

"피월려입니다. 그럼……."

피월려는 짧게 대답하고는 몸을 돌렸다.

그리고는 홍교를 막 나서려는데, 지부장이 그의 어깨에 손을 탁 하고 올렸다.

지부장은 얼굴에 웃음이 만연한 채로 피월려의 귓가에 속삭였다.

"여긴 무림이 아닐세. 허튼짓하지 말게."

피월려도 웃어 보였다.

"명심하겠습니다."

피월려는 지부장을 지나쳤다.

진설린은 그런 피월려를 빤히 보았지만, 그는 단 한 번도 눈을 마주치지 않고 천낙금원으로 모습을 감추었다.

*   *   *

막 방으로 들어온 혈적현이 장대검을 내려놓았다. 피월려는 읽고 있던 서적을 옆에 내려놓으며 침상에서 일어나 의자에 앉았고, 혈적현도 그의 맞은편에 앉았다.

주전자 속 찻물이 다 식은 것을 안 혈적현이 주전자를 데우기 위해 차돌을 이용해 그 아래 작은 불을 피웠다.

"검이 무겁더군. 강 아래에서 건지는 데 꽤 고생했어."

평소에 내색을 잘 하지 않는 그가 툭 말하는 것을 보니, 상당히 고생한 듯 보였다. 피월려가 웃으며 물었다.

"얼마나 깊었기에? 그래 봤자 인조 강이잖아?"

"일 장은 족히 넘었다. 그러니 그리 큰 배들이 아무렇지도 않게 황도 안을 돌아다니는 거야."

일 장이라면 자연적인 강이라 해도 수심이 깊은 정도다. 피월려는 감탄했다.

"황도는 대단한 곳이군. 그런 깊이의 강을 핏줄처럼 만들어 놓고 물길로 쓰다니."

"뿐만 아니야. 식수(食水)는 또 따로 물길을 만들어놓았다. 계획된 도시라더니, 하나부터 열까지 없는 것이 없어."

피월려는 점차 끓어오르는 주전자를 보며 나지막하게 말했다.

"알아본 건?"

혈적현은 품에서 종이 서찰을 꺼냈다.

잔뜩 구겨진 것인데, 검은색으로 보일 만큼 글자가 빼곡히 적혀 있었다.

"자세한 건 여기 다 적혀 있다. 지부장이 나가 있는 틈을 타서 겨우 구한 거야."

"지부장이 아직 안 돌아왔나?"

해가 지고 나서 지금 막 해시가 되었다.

그들이 나간 것이 점심때니, 적어도 다섯 시진은 황태자와 같이 있는 것이다.

"황태자가 놔주질 않는다는군. 지금 다 화오방(話梧房)에 있다."

"화오방?"

"개봉에서 가장 비싼 객잔이다. 아니, 객잔이라고도 못하겠
군. 귀빈들이 서로를 대접할 때만 가는 곳이니."

"황궁에 가지 않았고?"

"황태자도 염치는 있지. 아직 결혼도 안 한 사이인데 신부
를 신랑의 집으로 들일 수야 없지 않나?"

황태자에게는 황궁 자체가 집이라는 생각을 미처 하지 못
한 피월려가 헛웃음을 지었다.

"듣고 보니 그러네. 황태자한테는 황궁 자체가 집이지?"

"신혼집이기도 하고. 모양새가 이상하지, 아무래도."

"실감이… 안 나는군."

"진 소저가 결혼하는 것이 마음 쓰이나? 계획대로 된다면
다 괜찮을 거라며."

"아니, 그게 아니라. 자기 집이 황궁인 황태자의 입장이 실
감 안 난다고."

"……."

"왜 그렇게 쳐다봐?"

혈적현은 잠시 침묵하다가 이내 곧 속내를 털어놓았다.

"계획이 뭔지 말해봐. 설마 진 소저를 그냥 넘기는 건 아니
겠지?"

피월려는 손사래를 쳤다.

"무슨 말도 안 되는 소리야? 그랬다가는 내가 죽어."

"그러면 무슨 수로 진 소저를 구출할 건데?"

"……"

피월려는 말하지 않았고 혈적현은 그를 뚫어지게 보았다.

"황태자 말인데. 죽일 셈인가?"

"뭐? 너 어디까지 아는 거야?"

"추측했을 뿐이야."

피월려는 한숨을 내쉬고는 찻잔에 차를 따랐다.

그 뒤 한 모금씩 차를 음미했지만, 사실 그동안 생각을 정리하기 바빴다.

어디 가서도 마시기 힘든 값비싼 차의 향기와 맛은 피월려의 뇌에 전혀 전달되지 못했다.

피월려가 말했다.

"전부를 말할 수는 없지만… 황태자가 죽는 경우도 확실히 논의된 적 있어."

혈적현은 의자에서 벌떡 일어나며 주먹으로 입을 가렸다. 한참을 서 있더니 심호흡을 하고 자리에 다시 앉았다.

"천마신교, 천마신교 하더니. 정말이지……"

피월려가 피식 웃으며 물었다.

"규모가 좀 크지?"

"장난 아니군. 황태자를 암살해? 이건 뭐……."

"나도 이 이야기를 처음 들었던 때 어안이 벙벙했지. 역사에나 나올 법한 그런 일을 주도하게 생겼으니."

"어떡하다가 그런 결론에 도달한 거야? 좀 더 말해봐."

"이 정도만으로도 난 세 번은 죽은 목숨이야."

"세 번 죽나 열 번 죽나 똑같지. 그리고 넌 지금 내 도움이 필요해. 아닌가?"

필요한 수준을 넘어서 절실하다. 지부장이 그를 배척하고 일을 진행하고 있으니 피월려로서는 손을 전혀 쓸 수 없었기 때문이다.

그나마 혈적현이 하오문과 살막의 정보를 다룬 경험이 있어 개봉에서도 조금은 활동할 수 있었다.

그렇기에 그의 도움 없이는 피월려 홀로 계획을 세울 수도, 일을 진행할 수도 없었다.

어차피 그가 오면 모든 것을 설명할 생각이었다. 피월려는 입을 열었다.

"이 모든 일이 시작된 계기가 무엇인 줄 아나?"

혈적현이 대답했다.

"그야 황태자와 진 소저 간의 혼인 아닌가?"

피월려가 고개를 흔들었다.

"아니. 그보다 더 중요한 것이 있지."

"뭔데?"

"무림대회."

"무림대회?"

"그래, 무림대회."

혈적현은 눈썹을 찌푸렸다.

"무림대회조차 황태자의 혼인을 축하하기 위한 의미로 계획된 것이지 않나? 그래서 무림대회의 결승전을 치른 다음 날 정식으로 혼인하는 거잖아?"

"무림대회를 누가 주도하는지는 알겠지?"

"백도무림이지."

"거기서부터 모든 것이 출발해."

"뭐가 말이야? 백도무림에서 무림대회를 여는 건 한두 번 있었던 일이 아니다. 게다가 공개적으로 여는 대회 중 어느 무림대회가 흑도방파에 의해서 열린 적이 있었어? 전부 백도에서 여는 거였지."

"그렇지. 하지만 왜 하필 지금, 그것도 개봉에서 열리느냐 이 말이야."

"……."

"나와 박소을 지부장은 그것을 의심했어. 아주 깊게 대화를 나누었고 결국 개봉지부의 협력을 원했지. 개봉지부에서도 갑작스레 개봉에서 일어나는 무림대회를 미심쩍게 여겼는지

우리와 생각을 같이했어. 그리고 한 가지 확실한 결론에 도달
할 수 있었어."

"뭐지?"

"단순한 무림대회가 아니라 하나의 확실한 목적을 가지고
있다는 것을 말이야."

"그 이유는?"

"이 무림대회는 예선전부터 매우 정교하게 조작된 대회야.
우승자가 이미 정해져 있는 대회지."

"뭐라고? 왜?"

"그건 아직까지 파악하지 못했어. 이 대회의 진정한 목적이
무엇인지, 백도세력이 무슨 꿍꿍이인지 말이야. 지리적으로 우
리에게 너무 불리하다 보니 그 이상 파악하기는 개봉지부장
도 불가능하다고 딱 잘라 말하더군. 잘못하면 개방에서 눈치
챌 수도 있다고 말이야."

"그래서……."

혈적현은 이해했다는 듯이 피월려를 보았고, 피월려도 고개
를 끄덕였다.

"그래서, 분탕질을 치려는 게 우리 계획이야. 우승을 하기로
되어 있는 자를 실수로 죽여 버리거나 혹은 암살하거나. 하여
간 중요한 건 백도무림이 무림대회를 위해 그린 그림을 망치
는 것, 그것뿐이지."

"그건 좋지 못한 방법이군. 그들의 목적을 확실히 알아야 할 것 아닌가? 그리고 첩자를 찾기도 만만치 않을 텐데?"

"이건 황태자와 관련된 일이야. 엄청난 영향을 미칠 것이 분명해. 그리고 그 수많은 방파가 단합해서 무림대회를 조작했으니, 이 또한 엄청난 계획임이 자명하지. 이런 식의 계획은 무조건 망치는 게 우리에게는 이득이야. 그리고 첩자에 관해서는 본부의 협조를 청했지. 어차피 본부에서 받아들이지 않으면 지부 간의 협조도 물거품이 되는 상황이니까."

"그래서 네 계획을 위해서 첩자를 하나 내어주었나?"

"놀랍게도 말이지."

피월려는 찻잔을 들어 차를 마시며 허리를 뒤로 젖혔다.

본부에서 그의 계획을 위해 오랜 시간 동안 구파일방에 잠입한 첩자 한 명을 쓸 정도면 매우 심각하게 생각하는 것이었다.

혈적현이 놀람을 표하며 말했다.

"황궁과 관련된 일이다 보니, 본부에서도 꽤 신경이 쓰였나 보군."

"그 이후, 개봉지부의 마조대를 상당수 투입했지. 무림대회의 목적을 파악하기 위해서 말이야. 그런데 그 일은 개봉지부에서 일어나는 것이다 보니 개봉지부장에게 들어갈 뿐, 나는 아무것도 얻은 게 없어. 지금까지도 그 이상 새로운 정보를 얻지 못했어. 본부에서 마조대가 투입될 정도였으면 훨씬 많은 걸 알았을 텐데 말이야."

"뭐, 그래서 내가 이렇게 가져온 거 아닌가?"

혈적현은 자기가 가져온 서찰을 손가락으로 툭툭 치며 말했다. 피월려는 입을 살짝 벌리고 물었다.

"정말이야? 마조대의 정보까지도 포함된 건가?"

"내가 개봉지부의 마조대와는 긴밀하게 협조하는 상황이라서. 개봉에는 하오문도가 수두룩해. 지금 나는 그들과의 선을 마조대로 연결하고 있거든. 마조대에서는 좋아라 하고 있으니, 내가 이것저것 요구하니까 선뜻 내어주더군."

피월려는 고개를 끄덕였다.

"확실히……. 마조대는 지부와 별개로 운용되고 있어서 그 점이 편해."

"마조대 단장과 지부장은 협력 관계지, 상하 관계가 아니니까."

천마신교 마조대의 명령 체계는 외총부주인 사사마검 북자호 장로의 아래 있지 않다.

마조대주 극악마뇌 사무조 장로 아래에 있으며 교주 직속이다.

따라서 명령 체계가 다른 그 마조대 단장과 지부장은 서로에게 명을 내릴 수 없으며, 협조를 요청하는 수준에서 그

친다.

피월려는 혈적현의 말을 듣자마자 바로 찻잔을 내려놓고 빼곡히 적은 서찰을 훑어보았다.

하나하나 눈을 돌려 읽으면서도 시간이 아까운지 혈적현에게 질문을 퍼부었다.

"우선 무엇보다, 그 첩자는 누구야?"

혈적현은 서류 더미 속의 종이 한 장을 직접 골라서 피월려에게 주었다.

"여기 있다. 이운소라는 자다."

"이운소?"

피월려는 그 부분을 보았다. 거기에는 그의 얼굴이 간략하게 그려져 있었는데, 이목구비가 진한 미남이었다.

"무당파에 잠입해 있는 인물로, 열다섯에 입문해 지금까지 팔 년간 별 탈 없이 맡은 바 임무를 수행한 경력이 있다. 구파일방에 잠입한 인물 중에서 유일하게 일류고수가 되었기 때문에 본부에서 이자를 사용하기로 하였고, 현재 무림대회의 본선 진출을 확정받았다."

피월려는 놀람을 감추지 못했다.

"뭐? 이미? 게다가 무당파라고?"

"조작된 대회에서 본선 진출을 받기 위해 꽤나 노력한 것 같다. 거의 불가능에 가까운 임무였을 텐데 능력이 탁월하여 모두 말끔히 수행했다. 현 백도무림에서 의심도 전혀 받지 않는 상황이고."

"불가능에 가까운 임무가 아니라 불가능이야. 수중에 있는 중소문파도 아니고 구파일방 중 하나인 무당파에서 어떻게 딱 그가 선출될 수 있었던 거지?"

"설마 구파일방에서 정식 제자를 무림대회에 보내겠어? 격이 안 맞지. 이번 대회에 출전한 인물들은 이름을 날리고 싶어 하는 중소문파의 신진고수나 거대문파의 속가제자쯤이다. 낭인도 좀 섞였고. 속가제자 중에서 뽑는 만큼 그가 선출될 여지는 충분했을 거야."

"그렇다고 하더라도 굉장한데. 설마 그렇게 깔끔하게 분탕질이 성공하다니……."

"그럼 어떻게 하려고 했었는데?"

"본선 진출자 중 한 명을 죽이든 해서 교체할 생각이었지. 본선에 진출한 낭인을 설득해도 되고. 그런데 구파일방의 인물이라니. 이건 너무 깔끔해서 뒤탈이 없어. 이 정도로 깔끔하면 단순히 분탕질이 아니라 의도를 뒤틀어서 우리가 어부지리를 취할 수도 있겠어."

"확실히 이 정도 능력의 소유자라면 가능할 수도 있겠다."

혈적현의 목소리에는 적지 않은 경의가 섞여 있었다. 피월려가 묘한 표정을 지으며 물었다.

"엄청 높게 평가하는데?"

혈적현이 어깨를 들썩였다.

"구파일방에 잠입한 것부터 대단하지만 팔 년간 들키지 않
는 것하며 이번 일을 성공적으로 이끈 것하며, 하나하나 전부
내가 직접 하라고 해도 못할 일이야."

"설마. 살막의 잠사인 네가?"

"그거랑은 관계없다."

"그래? 그 정도라 이 말이지?"

"직접 한번 만나보고 싶군."

무공이 아닌 분야이기 때문에 피월려는 막연히 대단하다고
생각할 뿐이었다.

하지만 혈적현은 눈에 경의를 담을 정도였다.

피월려는 그런 그를 보며 피식 웃고는 다른 더미를 뒤적이
며 중얼거렸다.

"이자는 언제 한번 은밀히 만나보도록 하고……. 그건 어디
있어?"

"뭐? 황궁제일미?"

"어."

"여기 있다."

혈적현은 또 한 번에 황궁제일미에 관한 정보가 담긴 종이
를 찾아내었다.

피월려는 그것을 펼쳐 들고는 꼼꼼히 읽어 내려갔다.

그 종이에는 피월려가 요구한 대로 오로지 사실만 적혀 있었고, 추측이나 가설은 전혀 섞여 있지 않았다. 확인된 사실 위주의 딱딱한 문장이 줄을 이었다.

모두 읽고는 피월려가 물었다.

"이거 읽었어?"

혈적현은 고개를 끄덕였다.

"내용은 전부 숙지했다. 그렇게 특별한 점은 보이지 않는데, 무엇 때문에 황궁제일미에 관해서 정보를 요청한 거지?"

"주하의 한마디가 내 머리에 박혀서."

"그것이 무엇이기에?"

"천음지체."

"진 소저가 왜?"

"아니, 린 매 말고. 또 다른 천음지체라고."

혈적현은 멀뚱멀뚱 피월려를 보다가 곧 그가 말하는 의미를 깨닫고는 큰 소리로 되물었다.

"황궁제일미가 천음지체라고?"

"응. 자료를 봐도 뒷받침하는 부분이 꽤 있어."

"아니, 그전에 넌 황궁제일미에 관한 자료가 전혀 없었잖아. 갑자기 왜 그런 생각을 한 거야?"

"솔직히 말하면 좀 웃긴데."

"뭔데?"

"내가 지금까지 제일미를 세 명 봤거든. 낙양제일미, 북경제일미, 그리고 황궁제일미. 그런데 낙양제일미하고 북경제일미가 둘 다 천음지체야. 우연인가 싶으면서도 아니라는 생각이 들었어. 천음지체는 바라보기만 해도 남자의 혼을 빼놓는 특별한 매력이 있지. 그런 매력을 갖춰야만 사람들이 제일미다, 제일미다 하지 않겠어? 그런 간단한 생각에서 출발해 혹시나 하는 생각이 들었지."

"어처구니가 없군."

"황궁제일미의 면사를 봤어? 본인이 앞이 보이지 않을 정도로 두꺼운 검은 면사였어. 궁금하잖아? 그래서 주하를 시켜서 물에 빠뜨리고 구출하면서 봤지."

혈적현은 기가 찬다는 듯이 이마를 탁 하고 때렸다.

"그게 전부 연극이었군. 하! 그 검을 강바닥에서 끌어 올리는 데 얼마나 짜증 난 줄 아나? 네놈이 여자 얼굴 하나 확인하려고……."

"그만큼 수확이 있었어. 황궁제일미가 천음지체라는 확신이 생겼지."

"얼굴 하나 보고 그걸 어떻게 아나?"

"난 알 수 있어. 제일미들과 경험이 많거든."

사실은 용안심공의 덕이 컸지만, 피월려는 농담조로 그렇게 말했다.

혈적현은 쓴웃음을 지으며 비꼬았다.

"어련하시겠어."

"물론 모조리 다 그냥 내 생각일 수도 있지. 그래서 객관적인 이유를 찾기 위해 이 정보를 요청한 거야. 그리고 꽤나 내 생각을 뒷받침하는 증거가 있지."

"꽤나라면 여러 개라는 거야?"

"어. 일단 이거."

피월려는 종이의 한 부분을 가리켰다.

거기에는 황궁제일미가 성적으로 매우 문란하다는 내용이 쓰여 있었다.

혈적현은 그 부분을 기억하고는 말했다.

"성적으로 문란한 게 왜? 황실의 여인 중 상당수가 성적으로 문란하다. 별로 특별한 점이 아니야."

"결혼도 안 한 처녀가?"

"그럴 수도 있지. 이 앞을 보면 알겠지만 그녀는 열다섯 살이 될 쯤 황족 중 한 명에게 강간을 당했다. 그녀의 숙부였지. 그리고 그 이후에도 총 다섯 번이 넘어가는 강간 사건에 휘말린다. 꽤나 기구한 운명이지만 그 때문에 성적으로 문란해졌을 가능성이 커."

"그러니까. 열다섯 살밖에 되지 않는 그녀가 왜 강간을 당했냐, 이 말이야. 그것도 숙부한테. 그 이후에도 다섯 번이나 강간 사건에 휘말렸으니, 그것 또한 의심스럽지."

"황궁제일미다. 평범한 여인보다 미녀가 많은 황궁에서 제일미의 칭호를 얻은 여인이니, 그만큼 아름다웠기 때문 아니겠냐?"

"단순히 아름다웠기 때문에 어렸을 때부터 강간을 당했다? 그 정도로는 부족해. 그 아름다움이 현실을 넘어선 것이면 가능해도."

"그래서 천음지체라고? 그건 너무 큰 비약이야."

"나도 실제로 그녀를 보지 않았다면 그렇게 생각했을 거다. 너도 그녀의 눈을 보면 생각이 바뀔 거다. 그 눈은… 심각해. 남자를 홀리는 눈이야."

"……"

"여길 봐봐."

피월려가 가리키는 곳에는 그녀를 강간했던 남자들이 하나같이 모두 같은 말을 했다고 적혀 있었다.

그 부분은 혈적현도 자세히 읽지 않아서 한 번 더 봐야 했다.

피월려가 말을 이었다.

"이 남자들은 전부 강간이 아니라고 말하고 있어. 그녀가 먼저 성행위를 요구했고 그 요구에 따른 것뿐이라고 되어 있지. 여기, 그녀를 처음 강간한 숙부는 그녀가 처녀가 아니었고 그전부터 남자를 탐하고 다니는 색녀(色女)였다는 변명을 덧붙였지."

혈적현은 여전히 시큰둥했다.

"이 세상 어느 색마가 자기가 강간했다고 주장하겠나? 당연히 이런 시답지도 않는 변명을 늘어놓지. 어쨌든 변(辯)은 모두 묵살되고 다 사형당했잖아. 황실에서도 그녀를 강간한 자들의 이야기를 전혀 듣지 않았어."

"하지만 성년이 지난 후에도 심각할 정도로 문란하다고 하잖아."

"강간을 당한 경험으로 인해서 생긴 비정상적인 성욕이겠지. 그런 경우가 종종 있어."

"나는 아니라고 봐. 나는 그녀가 태어날 때부터 비상식적인 성욕을 타고났다고 생각해. 그리고 그 이유는 바로 그녀의 체질인 천음지체에 있어. 양기가 부족한 몸을 타고나서 본능적으로 주변 남자들을 끌어들여 양기를 채우는 거야. 무공을 익히지 못하니, 그런 식으로밖에 생존할 수 없어."

피월려의 말은 단호했다. 혈적현은 그를 빤히 보다가 이내 물었다.

"이토록 확신하는 걸 보니, 뭔가 또 다른 이유가 있군."

"있지."

"뭐지?"

"황태자 말이야. 왜 여기까지 그녀를 대동한 거지?"

"뭐?"

"황태자가 오늘 여기 온 이유는 약혼자인 린 매를 보기 위함이야. 그런데 왜 그곳에 황궁제일미가 있었던 거지?"

"그건……."

혈적현도 생각을 못 했는지 말을 잇지 못했다.

생각해 보면 황궁제일미와 황태자는 아무런 관련이 없으니 동행할 이유가 없다.

혈적현이 말했다.

"같은 황족이니 친하지 않겠어? 오라버니의 신부를 보러 온 것이겠지."

피월려는 고개를 저었다.

"그녀를 대하는 황태자의 태도는 전혀 남매간의 것이 아니었다. 내 용안심공은 그것을 놓치지 않았어. 황태자는 황궁제일미에게 엄청나게 집착하는 게 분명해. 그녀의 시야가 가려질 정도로 두꺼운 면사를 쓰게 만든 것이며, 나에게 말을 거는 것만으로 질투심에 불타오르는 것이며, 무리해서까지 여기로 데리고 온 것이며……."

"……."

"아마 성적으로 문란한 그녀가 자기가 없는 사이에 다른 남자와 동침하지 않을까 하는 걱정 때문에 그런 집착이 생긴 걸 거야. 그러니 자기 약혼녀를 보러 오는 길에도 그녀를 데리고 오지."

"하지만 황태자는 진 소저에게 빠져 있다고 했는데."

"린 매는 천음지체지."

혈적현은 한 방 맞은 듯 입을 살포시 벌렸다.

피월려가 말을 이었다.

"황태자에게 있어 낙양제일미는 황궁제일미를 잊을 수 있게 만드는 유일한 여자인 거야. 천음지체의 아름다움은 단순한 아름다움이 아니지. 몸 안에 쌓인 음기를 해결하여 생존하기 위해 양기를 부르는 그런 아름다움……. 그건 생존을 목적으로 하는 아름다움이야. 거미줄이 한번 잡은 먹이를 놔주지 않는 것처럼, 천음지체와 동침한 남자는 절대 그 여자를 잊을 수 없어. 나처럼 용안심공이라도 있지 않는 한 말이지."

"……."

"어때, 내 이야기가?"

혈적현은 한참을 말하지 않았다.

그는 두 눈을 감고 심호흡을 하며 깊은 생각에 빠져 있었다.

얼마나 시간이 지났을까, 그가 눈을 번쩍 뜨며 말했다.

"가능성이 적지 않아."

"그렇지? 그 부분을 마조대에게 좀 더 조사하라고 해봐. 확실히 수확이 있을 거야."

"하지만 가치가 없다."

단호한 목소리다. 피월려가 물었다.

"가치가 없다니?"

"황궁제일미가 천음지체라는 거, 그건 확실히 흥미로운 추측이야."

"그래서 더 조사해 보라는 거잖아."

"그런데 그게 우리에게 무슨 소용이지? 황궁제일미가 천음지체라는 정보를 우리가 얻었을 때 본 교에서 얻는 이득이 뭐냐 이 말이야."

"……."

"황궁의 정보는 상당히 비싸. 직접 알아내는 것도 위험 부담이 상당하지. 그걸 감수하면서까지 이 정보를 확인해야 하는 이유가 뭐야?"

혈적현의 의문은 당연하다.

정보를 취급하는 그는 귀가 즐거운 정보와 유용한 정보의 차이를 잘 안다.

꼭 알고 싶다고 해서 꼭 그것을 알아야 하는 것은 아니다.

알아야 하는 것만 알아내면 그만이지, 그 이상 호기심에 의해서 움직이면 안 된다.

피월려는 혈적현의 말을 듣고는 천천히 설명하기 시작했다.

"황궁제일미가 상품으로 걸린 건 알겠지?"

"알지."

"그 부분에 좀 더 집중해서 생각해 보자고. 내 가설이 맞는다면, 황태자는 지금 집착하는 황궁제일미를 다른 남자에게 뺏기게 생겼어. 그렇지?"

"그렇지."

"이 대회는 백도무림의 주도하에 이뤄진 것이야. 그렇지?"

"그렇지."

"그리고 이건 황태자와 런 매의 혼인을 축하하는 의미도 있고."

"그렇지."

"이 세 가지를 잘 생각해 봐."

혈적현은 눈살을 찌푸렸다.

"그냥 말해. 귀찮으니까."

피월려는 피식 웃으며 말했다.

"한번 맞춰봐. 여기서 백도무림이 얻는 게 뭐가 있을까?"

혈적현이 심드렁하게 말했다.

"황궁제일미가 황녀이니, 그와 혼인하는 무림인은 황궁으로

부터 자유로울 수 없다. 그러니 백도무림의 사람이 황궁에 영향을 끼칠 수 있게 되는 것 아닌가?"

"단순히 생각하면 그렇지. 나도 박 대주님도 그 정도로 생각했지만 그걸 위해 백도무림에서 무림대회를 벌였다고 하기에는 손익계산이 안 맞아. 황궁제일미와 결혼한 무림인이 얼마나 큰 영향력을 가질지도 미지수고."

"그래서? 뭔가 더 있을 거라는 의심이냐?"

"내 가설이 맞는다면 그것이 무엇인지도 예상할 수 있어."

"네 가설이라면, 황궁제일미가 천음지체라는 거?"

"어."

피월려는 어린아이처럼 고개를 끄덕였다. 그러면서 반짝이는 눈으로 혈적현을 보는데, 혈적현은 그 눈빛이 부담스럽기 그지없었다.

"그냥 네가 말하면 안 되나?"

기분이 상했는지 피월려는 입술을 비틀었다.

그런데 그 모습이 순간 진설린과 너무 닮아 혈적현은 피식 웃었다.

하루가 멀다 하고 매일 침대에서 뒹굴고 지내니 서서히 서로의 표정까지 닮기 시작한 것이다.

그런데 그런 웃음을 피월려가 잘못 해석했다.

"내 도움 없이 너도 추측할 수 있는지 보려는 거잖아. 그래야 내 추측의 정확도가 더 보장되지. 왜 웃고 그래?"

혈적현이 그를 타이르듯 말했다.

"알았다, 알았어. 생각해 보지."

혈적현은 눈을 감고 고심하기 시작했다.

지금까지의 정보와 황궁제일미가 천음지체라는 정보를 더하여 생각하니, 처음에는 아무것도 보이지 않았지만 시간이 지나면 지날수록 전체적인 그림이 그려지기 시작했다.

마치 이곳저곳 비어 있는 곳에 딱 알맞은 조각을 집어 넣는 것 같았다.

일각이 넘어가고 한 식경이 지나는 동안에도 피월려는 차분히 그를 기다렸다.

중간중간 혈적현은 눈을 떠 서찰을 살펴보고 다시 생각에 잠기고 또 눈을 떠서 서찰을 보고 다시 생각에 잠기는 것을 반복했다.

피월려가 너무 지루해서 그냥 말해 버릴까 하는 생각이 들 정도로 오랜 시간이 흘렀을 때, 혈적현이 말했다.

"진 소저가 위험하군."

그의 한마디는 모든 것을 설명했다. 피월려는 고개를 끄덕였다.

피월려와 혈적현의 추측은 이렇다.

현 상황에서 백도무림에게 가장 껄끄러운 것은 바로 황태자

가 낙양제일미 진설린을 황태자비로 맞이하려는 뜻이 너무나
도 견고하다는 것이다.

황룡무가가 무너지고 옆의 소림파까지 무너지면서 천마신
교나 호마궁의 손이 낙양에 뻗어 있을 수도 있는 상황.

봉문 뒤 여타 어느 문파와도 교류하지 않은 황룡무가의 내
부 사정을 백도무림에서는 전혀 알 수 없었다.

따라서 그들이 이미 마인의 손에 떨어졌을 수도 있는데, 이
와중에 진설린이 황태자비가 된다면 사태는 걷잡을 수 없이
악화된다.

황궁에 마교의 끄나풀이 생기는 것이다.

백도무림의 입장에서는 이를 절대적으로 막아야만 한다.
하지만 그들도 생각한다.

왜 그것을 막기만 해야 할까? 차라리 먼저 손을 쓰면 되지
않을까? 계획에 착수하기 전 정보를 모은다.

개봉은 백도무림의 정보통인 개방의 본거지이다.

그들은 손을 빌려 황태자의 모든 것을 캐낸다. 그리고 찾는
다.

바로 황궁제일미와의 일을. 그들의 비밀을. 천음지체인 것까
지도 간파한다.

황궁제일미를 손에 쥐고 있다면 황태자까지도 손에 쥘 수
있다. 그렇다면 어떻게 황궁제일미를 손에 쥘 수 있을까?

무림대회. 그것을 열어 우승자에게 포상으로 황궁제일미를 준다.

그 우승자의 아내가 되게끔 만들면 유부녀가 된 황궁제일미를 지금처럼 막 대할 수 없다.

황궁제일미의 남편인 우승자의 허락 없이는 황궁제일미의 얼굴을 보지도 못할 것이다.

하지만 황태자는 절대로 허락하지 않을 것이다. 그러니 진설린을 줄 것같이 하고 황궁제일미를 빼온다.

진설린이 있으면 황궁제일미의 육체를 더 이상 탐하지 않을 수 있으니 황태자도 허락할 것이다.

그 뒤에… 진설린을 제거한다.

진설린을 잃어버린 황태자는 황궁제일미에 더 집착할 수밖에 없다. 이미 다른 남자의 여인이 되어버린 황궁제일미에게 말이다.

그 '다른 남자'가 백도무림에 충성하는 인물이라면? 손을 잘 써서 황태자까지 주무를 수 있다.

피월려는 서찰의 한 곳을 가리키면서 말했다.

"네가 생각을 하는 동안 살펴봤어. 우승자가 될 만큼 유력한 사람을 말이야. 우승자는 황궁제일미의 남편이 되어야 하는 만큼 색욕(色慾)을 완전히 다스릴 수 있는 사람이어야 해. 그렇지 않으면 백도무림의 뜻대로 황궁제일미를 다루기는커녕 그 우승자가 황궁제일미의 노예가 돼버릴 수 있으니까. 그리고 그만큼 백도무림에 충성하는 인물이어야 하지."

혈적현은 피월려가 가리킨 이름을 나지막하게 읽었다.

"조근추."

"무인의 양과 질이 낮아 구파일방에는 못 끼지만 그만큼 역사가 깊은 전진파 출신이야. 전진파는 그 사상과 도교의 교리만 따지면 구파일방에 비견될 정도이고, 오랜 세월 동안 백도무림에 있었지. 그러니 본선에 진출한 인물 중 가장 유력해."

혈적현은 그에 관한 신상 정보를 뚫어지게 보다 말했다.

"아직 확신할 단계는 아니다. 황궁제일미가 천음지체라는 것도 추측이야. 추측 위에 세운 추측을 가지고 계획을 세우고 싶지는 않다. 적어도 황궁제일미가 천음지체라는 확신이 생기기 전까지는 위험해."

"뭐가 위험하다는 거야? 어차피 계획은 분탕질이야, 잊었어?"

"……."

"이자를 암살해서 본 무대를 망치는 건 황궁제일미가 천음지체라는 추측이 사실이 아니어도 우리가 손해 보는 건 없어. 다만 우승자로 낙점되어 있었을 가능성이 크니 이자를 죽이자는 것뿐이야. 그리고 그뿐만이 아니야."

"뭐가 더 있는데?"

"이자가 죽고 나면 새로운 우승자를 세워야 하지. 그다음은 누가 될까? 지금 본선 진출 중에 백도무림에 충성하며 색욕을 다스릴 수 있는 도교의 인물이 누가 있지?"

혈적현은 피월려의 말을 이해할 수 있었다.

"무당파의 이운소겠지."

"맞아. 우리의 첩자지. 잘만 하면 우리의 첩자를 우승자로 내정시킬 수도 있어. 그럼 그걸 이용해서 뭔가를 꾸미기가 더 수월해져."

"…확실히."

하지만 혈적현의 주름진 이마는 펴질 줄 몰랐다.

황궁제일미가 천음지체라는 실질적인 증거가 너무 부족하다는 생각을 지울 수 없었기 때문이다.

피월려도 그런 그의 마음을 이해했다. 피월려가 생각해도 단순히 용안심공 때문에 확실히 알아냈다는 식의 설득은 너무 주관적이다.

피월려가 말했다.

"알았어, 그러면. 그건 내가 직접 확인하겠어."

"어떻게?"

"황궁에 잠입해서 황궁제일미를 만나면 되지. 간단하잖아?"

혈적현은 어이없다는 듯이 되물었다.

"뭐라고? 그게 그렇게 쉬운 일이었으면 고민도 안 한다."

"황궁제일미가 성적으로 문란하다며. 그럼 필시 남자를 궁 밖에서 불러들일 텐데 그 무리에 끼면 되잖아. 간단하다고 보는데."

"넌 무림인이다. 그리고 마인이야. 어떻게 그 사이에 잠입을 하겠다는 거야?"

"무림인이고 마인이기 때문에 더 쉽지. 황도가 무림인의 금역이니, 황궁제일미는 지금까지 무림인 남자와 동침해 본 적이 없겠지. 게다가 무시무시한 마인이라니. 색욕이 남다른 황궁제일미는 아마 분명히 무림인 남자와… 그것도 마인인 자와 자고 싶어 할걸? 잠입은 하지 않을 거야. 어차피 그런 건 할 줄도 모르고. 당당히 마인임을 밝히고 들어가서 확인하는 거지."

"……"

"어때, 내 생각이?"

혈적현은 혀를 내둘렀다.

"너, 이거 얼마 동안이나 생각한 거지?"

"오늘 점심에 황궁제일미를 만나고 나서부터. 지금까지 밥도 안 먹고 있었어."

혈적현은 코웃음을 한 번 치더니 곧 허리를 뒤로 젖히며 말했다.

"그냥 들었을 때는 네놈이 그냥 황궁제일미와 한번 자고 싶
어서 지껄이는 소리 같다만… 확실히 묘한 설득력이 있군."

"됐고. 도와줄 수 있어, 없어?"

"도와줄 수야 있다. 하지만 그전에 먼저 다른 일을 하자."

"뭔데?"

"조근추의 암살. 직접 주도해. 이운소를 데리고 가서."

"뭐?"

"그 첩자의 손으로 암살하게 하라고. 그 편이 훨씬 괜찮아
보여."

"그거야 그렇지만, 그런데 그거 반대했잖아?"

"반대한 적은 없어. 그냥 미심쩍었지."

"그래서 첩자의 손을 쓰자? 첩자가 의심스러워서 충성심을
한번 보고 싶은 거야? 본부에서 보장한 첩자면 의심할 필요
가 없잖아?"

"그것이 아니라 본 교 인물을 직접 쓰고 싶지 않아서 그래.
그 첩자는 본부와 직접 연통하는 특수 인물이니 내 선에서
명을 내릴 수 없어. 지부장이나 너는 가능할 테니까 네가 직
접 명을 해야 할 거야. 지금 네가 지부장과 사이가 좋지 않으
니 네 명을 거부할 수도 있어. 그러니 직접 만나서 확실히 매
듭지어. 주선은 내가 최대한 빨리 해볼게."

"알았다. 그런데 왜 그걸 굳이 먼저 하려는 거야?"

"네가 직접 황궁에 잠입하는 일은 위험 요소가 커. 황궁제일미가 천음지체인지 아닌지 확인하는 것은 조근추의 암살 이후 백도무림의 태동을 본 이후에 해도 늦지 않아."

피월려는 씨익 웃었다.

"솔직히 내가 황궁제일미하고 자는 게 마음에 안 들지?"

혈적현은 얼굴을 굳히고는 말했다.

"관심 없다. 그럼 그렇게 알고 간다."

혈적현은 자리에서 벌떡 일어났다. 피월려는 눈을 크게 뜨고 물었다.

"뭐야? 그냥 가는 거냐?"

"일이 많다. 현재 개봉에서 일어나는 정보전이 얼마나 치열한지 무인인 너는 짐작도 못 할 거야. 당장 가봐야 한다."

피월려는 한숨을 내쉬었다.

"나 선배도 임무 중에는 술 한 모금 먹지 않겠다더니……. 알았다. 가봐."

"술? 네가 웬일로?"

"나라고 술을 안 먹을까? 그래도 전부터 나 선배와 꽤 마셨어."

"친우를 내버려 두고 말이지? 실망이군."

"가라니까."

혈적현은 미소를 살짝 짓더니 곧 방문을 나섰다. 피월려도 생각을 정리하기 위해서 침대 위에 대자로 누웠다.

피월려는 힘없는 목소리로 나지막하게 말했다.

"주 소저. 혹시……."

[안 먹습니다.]

그녀의 목소리는 칼 같았다.

"……."

[머리가 복잡하시거든 운기를 하십시오.]

피월려는 며칠간 뇌가 녹아내릴 듯이 고심했었다. 이대로 수련을 하면 아마 미쳐 버릴 것이다.

얼마만일까? 술이 먹고 싶어진 것이.

피월려는 술 생각을 포기하고는 곧 새근새근 아이처럼 잠을 자기 시작했다.

『천마신교 낙양지부』 11권에 계속…

초대형 24시 만화방

신간 100%, 샤워실, 흡연실, 수면실(침대석), 커플석, 세탁기 완비

▪ 광명 광명사거리역점 ▪

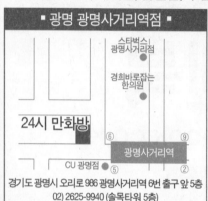

경기도 광명시 오리로 986 광명사거리역 6번 출구 앞 5층
02) 2625-9940 (솔목타워 5층)

▪ 강북 노원역점 ▪

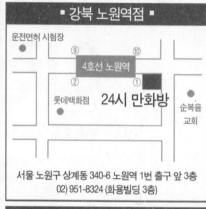

서울 노원구 상계동 340-6 노원역 1번 출구 앞 3층
02) 951-8324 (화용빌딩 3층)

▪ 일산 정발산역점 ▪

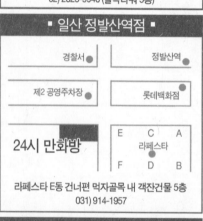

라페스타 E동 건너편 먹자골목 내 객잔건물 5층
031) 914-1957

▪ 일산 화정역점 ▪

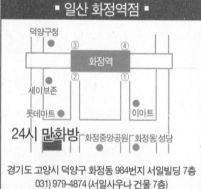

경기도 고양시 덕양구 화정동 984번지 서일빌딩 7층
031) 979-4874 (서일사우나 건물 7층)

▪ 부천 역곡역점 ▪

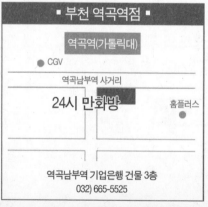

역곡남부역 기업은행 건물 3층
032) 665-5525

▪ 부평역점 ▪

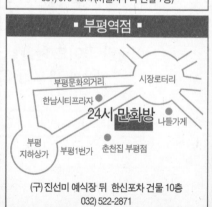

(구) 진선미 예식장 뒤 한신포차 건물 10층
032) 522-2871

크레도 장편소설
FUSION FANTASTIC STORY

톱스타 이건우

열정만으로 성공하는 것은 아니다!

어중간한 실력으로 허송세월하던 이건우.

그의 앞에 닥친 갑작스러운 사고와 함께 떠오르는 기억.

'나는 죽었는데 살아 있어. 그건 전생? 도대체……'

전생부터 현생까지 이어지는 인연들.
그리고 옥선체화신공(玉仙體化神功)…….

망나니처럼 살아온 이건우는 잊어라!
외모! 연기! 노래!
삼박자를 모두 갖춘 최고의 스타가 탄생한다!

FUSION FANTASTIC STORY

박선우 장편소설

스크린의 별

비호감을 불러일으킬 정도로 못생긴 외모를 가진 강우진.

우연히 유전자 성형 임상 실험자 모집 전단지를
발견한 그는 마지막 희망을 걸고
DNA를 조작하는 주사를 맞게 되는데…….

과거의 못생겼던 강우진은 잊어라!

세상에서 가장 아름다운 사나이.
그가 만들어가는 영화 같은 세상이 펼쳐진다!

Book Publishing CHUNGEORAM

유행이 아닌 자유추구 -
WWW.chungeoram.com

이계진입 리로디드

임경배 퓨전 판타지 소설

FUSION FANTASTIC STORY

『권왕전생』 임경배의 2015년 신작!

『이계진입 리로디드』

**왕의 심장이 불타 사라질 때,
현세의 운명을 초월한 존재가 이 땅에 강림하리라!**

폭군으로부터 이세계를 구원한 지구인 소년 성시한.
부와 명예, 아름다운 연인…
해피엔딩으로 이야기는 끝인 줄 알았건만
그 대가는 지구로의 무참한 추방이었다.
그리고 10년 후…….

"내가 돌아왔다! 이 개자식들아!"

한 번 세상을 구한 영웅의 이계 '재' 진입 이야기!

Book Publishing CHUNGEORAM

유행이 아닌 자유추구 -
WWW.chungeoram.com

FUSION FANTASTIC STORY

설경구 장편소설

저니맨 김태식

한 팀에서 오래 머물지 못하고
이 팀, 저 팀을 옮겨 다니는
저니맨(Journey man)의 대명사, 김태식!
등 떠밀리듯 팀을 옮기기도 수차례.

"이게… 나라고?"

기적과 함께 그의 인생에 찾아온 두 번째 기회!

"이제부터 내가 뛸 팀은 내 의지로 선택한다!"

더 이상의 후회는 없다!
야구 역사를 바꿔놓을
그의 새로운 야구 인생이 펼쳐진다!

Book Publishing CHUNGEORAM

유행이 아닌 자유추구 -
WWW.chungeoram.com